Felices los felices

Yasmina Reza es novelista y dramaturga de renombre mundial. Ha recibido los premios más destacados en el ámbito teatral (el Molière, el Tony y el Laurence Olivier, entre otros) por obras como la exitosa *Arte*. Su narrativa ha recibido también grandes reconocimientos, como el Premio Renaudot por *Babilonia*.

Es, también, autora de novelas como *Felices los felices*, *Serge* o la crónica *El alba la tarde o la noche*. Su último libro es *Casos reales*. En 2024 recibió el Premio Mundial Cino del Duca por el conjunto de su obra.

YASMINA REZA

Felices los felices

Traducción de
Javier Albiñana

DEBOLS!LLO

Papel certificado por el Forest Stewardship Council®

Título original: *Heureux les heureux*

Primera edición: enero de 2026

© 2013, Yasmina Reza, Flammarion
© 2026, Penguin Random House Grupo Editorial, S. A. U.
Travessera de Gràcia, 47-49. 08021 Barcelona
© 2014, Javier Albiñana, por la traducción
Diseño de la cubierta: Penguin Random House Grupo Editorial / Claudia Sánchez
Imagen de la cubierta: *Lipstick*, 1999, Hyacinth Manning (b.1954, African-American),
acrílico sobre lienzo. © Bridgeman Images /ACI

Printed in Spain – Impreso en España

ISBN: 978-84-663-8231-1
Depósito legal: B-19.626-2025

Impreso en Novoprint
Sant Andreu de la Barca (Barcelona)

P 3 8 2 3 1 1

A Moïra

Felices los amados y los amantes y los que pueden prescindir del amor.
Felices los felices.

JORGE LUIS BORGES

ROBERT TOSCANO

Fuimos al supermercado a hacer la compra de fin de semana. En un momento dado, ella dijo, vete a hacer la cola para el queso, que yo me encargo de la charcutería. Cuando volví, el carrito estaba medio lleno de cereales, galletas, bolsitas de comida en polvo y cremas de postre, yo dije, ¿todo esto para qué es? – ¿Cómo que para qué es? ¿Qué pinta aquí todo esto?, dije. Tienes hijos, Robert, les gustan los Cruesli, les gustan los Napolitain, los Kinder Bueno les encantan, me señalaba los paquetes. Yo dije, no tiene sentido atiborrarlos de azúcar y de grasas, no tiene sentido este carrito, ella dijo, ¿qué quesos has comprado? – Un crottin de Chavignol y un morbier. ¿Y gruyer no?, gritó. – Se me ha olvidado y no pienso volver, hay demasiada gente. – Si sólo compras un queso, sabes muy bien que lo que tienes que comprar es gruyer, ¿quién come morbier en casa? ¿Quién? Yo, dije. – ¿Desde cuándo comes tú morbier? ¿Quién quiere comer morbier? Ya vale Odile, dije. – ¡¿A quién le gusta esa mierda de morbier?! Sobrentendido «aparte de a tu madre», últimamente mi madre había encontrado una tuerca en un morbier. Estás gritando Odile, dije. Odile pegó un empujón al carrito y arrojó dentro un pack de tres tabletas de Milka con leche. Yo cogí las tabletas y volví a ponerlas en el estante. Ella volvió a meterlas en el carrito, más rápida que yo. Me largo, dije. Pues lárgate, lárgate, contestó, si es que tú sólo sabes decir eso, me largo, es tu única respuesta, en cuanto te quedas sin argumentos dices me largo, y enseguida sueltas esa amenaza grotesca. Es cierto que digo con frecuencia me largo, confieso que lo digo, pero no veo cómo podría no decirlo, cuando es lo único que me viene a los labios, cuando no veo otra salida que la deserción inmediata, pero reconozco también que lo profiero a modo, sí, de ultimátum. Bueno, ¿se acabaron tus compras?, le dije a Odile empujando el carrito hacia delante con un golpe seco, ¿no hay más gilipolleces que comprar? – ¡Pero cómo me hablas! ¡Date cuenta de cómo me hablas! Digo, muévete. ¡Muévete! Nada me irrita tanto como esos piques bruscos, cuando todo se detiene, se paraliza. Evidentemente, podría decir, discúlpame. No una sola vez, tendría que decirlo dos veces, con tono agradable. Si dijera, discúlpame, dos veces con tono agradable, podríamos reanudar una relación más o menos normal durante el día, lo que pasa es que no tengo la menor gana, ni la menor posibilidad fisiológica de pronunciar esas palabras cuando ella se detiene en medio de una sección de condimentos con su atónita expresión de agravio e infelicidad. Muévete Odile por favor, digo con voz mesurada, tengo calor y me urge acabar un artículo. Discúlpate, dice. Si dijera discúlpate con tono normal, podría avenirme, pero es que lo susurra confiriendo a su voz una inflexión impersonal, atonal, que me resulta inadmisible. Digo por favor, tranquilamente, por favor, de forma mesurada, me veo circulando a toda velocidad por una carretera de circunvalación, escuchando a fondo *Sodade*, canción descubierta recientemente, de la que no entiendo nada, aparte de la soledad de la voz, y de la palabra soledad repetida hasta el infinito, por más que me digan que la palabra no significa soledad, sino nostalgia, sino ausencia, sino añoranza, sino esplín, otras tantas cosas íntimas e incompartibles que se llaman soledad, como se llaman soledad el carrito doméstico, el color de los aceites y vinagres, y el hombre que implora a su mujer bajo los neones. Dije, discúlpame. Discúlpame, Odile. Odile es innecesario en la frase. Por supuesto. No es amable decir Odile, si añado Odile es para recalcar mi impaciencia, pero no me esperaba que ella se diera media vuelta con los brazos colgantes hacia los productos refrigerados, o sea hacia el fondo del súper, sin decir una palabra y dejando el bolso en el carrito. ¿Qué haces Odile?, grito. ¡Me quedan dos horas para escribir un artículo muy importante sobre la nueva fiebre del oro!, grito. Una frase totalmente ridícula. Odile ha desaparecido de mi vista. La gente me mira. Agarro el carrito y salgo pitando hacia el fondo del súper, no la veo (posee el don de desaparecer, aun en situaciones agradables), grito, ¡Odile! Me encamino hacia las bebidas, nadie: ¡Odile! ¡Odile! Soy consciente de que alarmo a la gente a mi alrededor pero me trae totalmente sin cuidado, recorro los estantes con el carrito, odio los supermercados, y de pronto la veo, en la cola de los quesos, una cola todavía más larga que la de antes, ¡ha vuelto a meterse en la cola de los quesos! Odile, digo, una vez a su altura, me expreso con comedimiento, van a tardar por lo menos veinte minutos en atenderte, vámonos de aquí y ya compraremos el gruyer en otra parte. No hay respuesta. ¿Qué hace? Está revolviendo en el carrito y ha cogido el morbier. ¿No irás a devolver el morbier?, digo. – Sí. Se lo regalaremos a mamá, digo para rebajar la tensión. Hace poco mi madre encontró una tuerca en un morbier. Odile no sonríe. Se mantiene tiesa y ofendida en la cola de los penitentes. Mi madre le dijo al quesero:

no soy mujer amiga de líos, pero soy consciente de su larga vida de quesero famoso y me veo en la obligación de comunicarle que he encontrado un perno en su morbier. El tío pasó totalmente del asunto, ni siquiera le regaló los tres rocamadours que compró aquel día. Mi madre se jacta de que pagó sin chistar y de que se comportó con más dignidad que el quesero. Me acerco a Odile y digo, en voz baja, contaré hasta tres, Odile. Contaré hasta tres. ¿Me oyes? Y, no sé por qué, en el momento en que digo eso, pienso en los Hutner, una pareja de amigos nuestros, que se han refugiado en una voluntad de bienestar conyugal, últimamente se llaman el uno al otro «corazón» y dicen frases por el estilo de «esta noche cenaremos bien corazón». No sé por qué me vienen a la mente los Hutner cuando lo que me domina es la locura contraria, aunque quizá no exista gran diferencia entre cenaremos bien esta noche corazón y contaré hasta tres Odile, en ambos casos una especie de constricción del ser para lograr ser dos, no hay más armonía natural, me refiero a cenaremos bien corazón, no, no, y un abismo no menor, salvo que contaré hasta tres ha provocado un estremecimiento en el rostro de Odile, una arruga en su boca, un ínfimo amago de risa al que por supuesto no debo ceder de ningún modo mientras no reciba una clara luz verde, aunque me muera de ganas, pero debo hacer como si no hubiera visto nada, así que decido contar, digo *uno*, lo susurro con nitidez, la mujer que está detrás de Odile ocupa un lugar privilegiado para oírlo todo, Odile empuja con la punta del pie un trozo de papel de embalaje, la cola sigue creciendo sin avanzar, tengo que decir dos, digo *dos*, el dos es abierto, magnánimo, la mujer de detrás se pega a nosotros, lleva sombrero, una especie de cubo de fieltro abigarrado vuelto del revés, no me gustan nada las mujeres que llevan ese tipo de sombreros, es muy mala señal ese sombrero, infundo a mi mirada la intensidad necesaria para hacerla retroceder un metro pero sigue donde está, la mujer me examina con curiosidad, me mira de arriba abajo, ¿huele atrozmente mal? A veces las mujeres que llevan varias capas de ropa despiden cierto olor, a no ser que lo origine la proximidad de los lácticos fermentados. De pronto vibra el móvil dentro de mi chaqueta. Me desfiguro al tratar de leer el nombre del que llama, pues no me da tiempo de encontrar las gafas. Es un colaborador que puede informarme sobre las reservas de oro del Bundesbank. Le pido que me envíe un correo alegando que estoy con alguien, para abreviar. La llamadita puede brindarme una oportunidad: me inclino y murmuro al oído de Odile con voz que apela a la responsabilidad, mi redactor jefe quiere un artículo de opinión sobre el secreto de Estado de las reservas alemanas, hoy por hoy no hay la menor información al respecto. Ella dice, ¿y eso a quién le interesa? Se encoge de hombros frunciendo las comisuras de la boca para hacerme calibrar la inanidad del tema, y lo que es más grave, la inanidad de mi trabajo, de mis afanes en general, como si ya no cupiera esperar nada de mí, ni siquiera la conciencia de mis propias renuncias. Las mujeres aprovechan cualquier situación para hundirnos, les encanta recordarnos que somos decepcionantes. Odile acaba de avanzar un puesto en la cola de los quesos. Ha vuelto a coger el bolso y sigue sujetando con firmeza el morbier. Tengo calor. Me ahogo. Me gustaría estar lejos, ya no sé qué pintamos aquí ni de qué va la cosa. Me gustaría deslizarme sobre unas raquetas en el Oeste canadiense, como Graham Boer, el buscador de oro, el héroe de mi artículo, clavar estacas y balizar los árboles con un hacha en valles helados. ¿Tendrá mujer e hijos ese Boer? Un tipo que se enfrenta al grizzly y a temperaturas de menos treinta grados no se muere de asco en un supermercado a la hora en que todo el mundo hace la compra. ¿Acaso es ése el lugar de un hombre? ¿Puede alguien circular por estos pasillos llenos de neones y de packs, sin ceder al desaliento? ¿Y saber que volverá aquí, en cualquier época del año, arrastrando el mismo carrito a las órdenes de una mujer cada vez más mandona? No hace mucho, mi suegro, Ernest Blot, le dijo a nuestro hijo de nueve años, voy a comprarte otra estilográfica, con ésta te manchas los dedos. Antoine contestó, es igual, ya no necesito ser feliz con una estilográfica. Ése es el secreto, observó Ernest, el niño lo ha comprendido, reducir al máximo la exigencia de felicidad. Mi suegro es el campeón de esos adagios quiméricos, en las antípodas de su temperamento. Ernest no ha concedido nunca la menor reducción de su potencial vital (olvidemos la palabra felicidad). Obligado a un ritmo de convaleciente a raíz de sus baipases coronarios, enfrentado al aprendizaje modesto de la vida y de las servidumbres domésticas que siempre había sorteado, se sintió apuntado y abatido por el propio Dios. Odile, si cuento hasta tres, si pronuncio el número tres, ya me has visto, cogeré el coche y te dejaré tirada con el carrito. Ella dijo, me extrañaría mucho. – Te extrañaría mucho, pero es lo que voy a hacer dentro de dos segundos. – No puedes marcharte con el coche, Robert, las llaves están en mi bolso. Me hurgo tontamente en los bolsillos porque me viene a la memoria que yo mismo las dejé en algún sitio. Devuélvemelas, por favor. Odile sonríe. Pega el bolso que lleva colgado en bandolera entre su cuerpo y el vidrio de los quesos. Me adelanto para tirar del bolso. Tiro. Odile se resiste. Tiro de la correa. Ella se aferra en sentido inverso. ¡Le divierte! Agarro el fondo del bolso. No me costaría nada arrebatárselo si el entorno fuera distinto. Odile se ríe. Se aferra. Dice, ¿no dices *tres?* ¿Por qué no dices tres? Me crispa. Y también me crispan esas llaves en el bolso. Pero me gusta que Odile se ponga así. Y me gusta verla reír. Estoy en un tris de aplacarme y de convertir el asunto en una suerte de jugueteo chungón cuando oigo una risita contenida junto a nosotros, y veo a la mujer del sombrero de fieltro, ebria de complicidad femenina, tronchándose abiertamente, sin el menor empacho. Ante eso no me queda más alternativa. Actúo brutalmente. Estampo a Odile contra el plexiglás e intento abrirme paso en el interior del bolso, ella forcejea, se queja de que le hago daño, yo digo, dame esas putas llaves, ella dice, estás sonado, le arranco el morbier de las manos, lo arrojo al estante, acabo sintiendo las llaves en el desorden del bolso, las saco, las agito ante sus ojos sin dejar de sujetarla, digo: nos largamos ahora mismo de aquí. La mujer del sombrero parece ahora horrorizada, le digo, ya no te ríes, ¿por qué? Tiro de Odile y del carrito, los conduzco a lo largo de las estanterías, hacia las cajas de la salida, le aprieto la muñeca aunque no opone ninguna resistencia, una sumisión que no tiene nada de inocente, preferiría tener que arrastrarla, siempre acabo pagándolo yo cuando adopta la máscara de mártir. En las cajas hay cola, por supuesto. Nos ponemos en esa cola de espera mortal, sin cruzar una palabra. He soltado el brazo de Odile, que finge ser una cliente normal, incluso la veo separar las cosas en el carrito y ordenarlas un poco para facilitar el trabajo de la cajera. En el aparcamiento, no decimos nada. En el coche tampoco. Ha anochecido. Las luces de la carretera nos adormecen y pongo el CD de la canción portuguesa con la voz de la mujer que repite la misma palabra hasta el infinito.

MARGUERITE BLOT

En los ya lejanos tiempos de mi matrimonio, en el hotel donde veraneábamos en familia, se alojaba una mujer a quien veíamos todos los años. Sonriente, elegante, pelo gris con un corte deportivo. Omnipresente, se movía de grupo en grupo y cenaba cada noche en mesas diferentes. Al caer la tarde, solíamos verla sentada con un libro. Se acomodaba en un ángulo del salón para tener a la vista las idas y venidas de la gente. Al menor rostro familiar, se le iluminaba el semblante y agitaba el libro como un pañuelo. Un día se presentó con una mujer alta y morena que lucía una vaporosa falda plisada. No se separaban nunca. Comían frente al lago, jugaban al tenis y a las cartas. Pregunté quién era aquella mujer y me dijeron que una señora de compañía. Acepté el término como si fuese un término corriente sin un significado particular. Cada año aparecían por la misma época, y yo me decía, ahí están la señora

Compain y su señora de compañía. Más adelante llegaron con un perro, al que llevaban de la correa una u otra, pero que pertenecía indudablemente a la señora Compain. Se los veía salir por las mañanas a los tres, el perro tiraba de ellas, intentaban contenerlo modulando su nombre en todos los tonos, sin el menor éxito. En febrero, aquel invierno, o sea bastantes años después, me fui a la montaña con mi hijo ya mayor. Él naturalmente esquiaba con sus amigos. A mí me gusta la marcha, me gusta el bosque y el silencio. En el hotel, me aconsejaban lugares para pasear pero no me atrevía a ir porque quedaban muy lejos. No puede una alejarse sola por la montaña y con nieve. Entre risas, pensé en colgar un anuncio en la recepción, mujer sola busca persona agradable con quien caminar. Enseguida me acordé de la señora Compain y de su señora de compañía, y entendí lo que significaba *señora de compañía*. Me asustó el comprenderlo, porque la señora Compain me había parecido siempre una mujer un poco despistada. Incluso cuando se reía con la gente. Y quizá, cuando me paro a pensarlo, todavía más cuando se reía o se vestía para la noche. Me volví hacia mi padre, es decir alcé los ojos al cielo y murmuré, ¡papá, no puedo convertirme en una señora Compain! Hacía tiempo que no me dirigía a mi padre. Desde que mi padre murió, le pido que intervenga en mi vida. Miro hacia el cielo y le hablo con voz secreta y vehemente. Es el único ser a quien puedo dirigirme cuando me siento impotente. Aparte de él, no conozco a nadie que pueda prestarme atención en el más allá. Nunca se me ocurre hablar con Dios. Siempre he pensado que no se puede importunar a Dios. No se puede hablar directamente con él. Dios no tiene tiempo para interesarse por casos particulares. O a lo sumo por casos excepcionalmente graves. En la escala de las imploraciones, las mías son, por así decirlo, ridículas. Me identifico con mi amiga Pauline cuando encontró un collar, heredado de su madre, que había perdido entre unas hierbas altas. Al pasar por un pueblo, su marido paró el coche para precipitarse hacia la iglesia. La puerta estaba cerrada, y se puso a sacudir la aldaba frenéticamente. Pero ¿qué haces? Quiero dar gracias a Dios, contestó. – ¡Pero si eso a Dios le importa un rábano! – Quiero dar las gracias a la Virgen. – Mira Hervé, si existe Dios, si existe la Virgen, ¡¿tú crees que a la vista del universo, de las desdichas terrestres y de cuanto sucede aquí, les va a importar mi collar?!... Y por eso invoco a mi padre, que se me antoja más alcanzable. Le pido favores muy determinados. Quizá porque las circunstancias me hacen desear cosas concretas, pero también, soterradamente, para calibrar sus capacidades. Siempre elevo la misma petición de ayuda.

Una súplica para que se mueva. Pero mi padre es un cero a la izquierda. O no me oye o no posee ningún poder. Me parece lamentable que los muertos no tengan ningún poder. De vez en cuando le concedo un saber profético. Pienso, no accede a tus peticiones porque sabe que no van encaminadas hacia tu bien. Eso me irrita, me dan ganas de decir, métete en tus asuntos, pero al menos puedo considerar su no intervención como un acto deliberado. Es lo que hizo con Jean-Gabriel Vigarello, el último hombre de quien me enamoré. Jean-Gabriel Vigarello es un colega mío, profesor de matemáticas en el instituto Camille-Saint-Saëns, donde soy profesora de español. Visto con distanciamiento, pienso que mi padre no se equivocó. Pero ¿a qué equivale distanciamiento? Equivale a vejez. Me exasperan los valores celestiales de mi padre, son muy burgueses si bien se piensa. En vida, creía en los astros, en las casas encantadas, y en toda suerte de futilidades esotéricas. Mi hermano Ernest, con tener a gala su descreimiento, se le parece cada día un poco más. Recientemente, le he oído hacer suya la afirmación de que «los astros inclinan y no predestinan». A mi padre le encantaba esa fórmula, se me había olvidado, a la que añadía de modo casi amenazador el nombre de Ptolomeo. He pensado, si los astros no predestinan, ¿qué podías saber tú papá del futuro inmanente?

Me interesó Jean-Gabriel cuando me fijé en sus ojos. No era fácil fijarse en ellos dado su peinado, el pelo largo que hacía desaparecer la frente, un peinado a la vez feo e imposible para una persona de su edad. Enseguida pensé, ese hombre tiene una mujer que no se ocupa de él (está casado por supuesto). No se puede dejar a un hombre de casi sesenta años con un pelo así. Y sobre todo se le dice, no escondas los ojos. Unos ojos azul gris cambiantes, espejeantes como los lagos de altura. Una noche me encontré a solas con él en un café de Madrid (habíamos organizado una estancia en Madrid con tres clases), me atreví y le dije, tiene usted unos ojos muy dulces Jean-Gabriel, es una auténtica locura ocultarlos. De una cosa a otra, tras esa frase y una botella de Carta de Oro, nos encontramos en mi habitación, que daba a un patio donde maullaban unos gatos. Al regresar a Rouen, se sumergió de inmediato en su vida habitual. Nos cruzábamos por los pasillos del centro como si no hubiera sucedido nada, parecía ir siempre con prisas, la cartera en la mano izquierda y el cuerpo inclinado siempre hacia el mismo lado, el flequillo grisáceo le cubría los ojos más que nunca. Me parece bastante miserable ese modo silencioso con el que los hombres nos expulsan al curso del tiempo. Como si fuera menester recordarnos, a todo evento, que la existencia es discontinua. Pensé, le dejaré una nota en su casillero. Una nota no comprometedora, ingeniosa, que incluya el recuerdo de una anécdota madrileña. Le dejé la nota, una mañana en que sabía que él estaba allí. No hubo respuesta. Ni ese día ni en días sucesivos. Nos saludábamos como si tal cosa. Me sobrevino una suerte de pena, no puedo decir una pena de amor, no, antes bien una pena de abandono. Hay un poema de Borges que empieza «Ya no es mágico el mundo. Te han dejado». Dice *dejado*, una palabra de lo más corriente, que no levanta ruido alguno. Todo el mundo puede dejarnos, incluso un Jean-Gabriel Vigarello, que sigue peinado a lo Beatle cincuenta años después. Le pedí a mi padre que interviniera. Entretanto había escrito otra nota, una frase, «No me olvides del todo. Marguerite». El *del todo* se me antojaba ideal para disipar sus temores, si es que los tenía. Un pequeño toque de atención con tono festivo. Le dije a mi padre, hago el paripé, pero ya ves que todo sigue igual y que muy pronto seré vieja. Le dije a mi padre, salgo del instituto a las cinco, son las nueve, tienes ocho horas para inspirarle a Jean-Gabriel Vigarello una respuesta cariñosa que me encuentre en mi casillero o en el móvil. Mi padre no movió un dedo. Con la distancia, le doy la razón. Nunca ha aprobado mis encaprichamientos absurdos. Tiene razón. Escogemos un rostro entre muchos, nos inventamos balizas en el tiempo. Todo el mundo quiere tener algo que contar. Tiempo atrás, me lanzaba al futuro sin pararme a pensar. Seguro que la señora Compain es de las que caen en encaprichamientos absurdos. Cuando llegaba sola al hotel, traía varias maletas. Cada noche la veíamos con un vestido distinto, un collar distinto. Se le desbordaba el pintalabios hasta los dientes, formaba parte de su elegancia. Iba de una mesa a otra, tomando copas con uno u otro grupo, en animada conversación, sobre todo con los hombres. Por aquella época yo estaba con mi marido y mis hijos. Una pequeña celda, placentera, desde la que se contempla el mundo. La señora Compain revoloteaba como una mariposa nocturna. En los rincones donde entraba luz, siquiera débil, sobrevenía la señora Compain con sus alas de encaje. Desde niña me forjo representaciones mentales del tiempo. Veo el año como un triángulo isósceles. El invierno queda arriba, una línea recta muy marcada. El otoño y la primavera están dispuestos como una falda. Y el verano ha sido siempre un largo suelo plano. Actualmente me da la impresión de que los ángulos se han alisado. La figura ya no es estable. ¿De qué es señal? No puedo convertirme en una señora Compain. Hablaré en serio con mi padre. Le diré que tiene una ocasión única para intervenir en mi bien. Le pediré que restablezca la geometría de mi vida.

Es algo muy sencillo y muy fácil de armonizar. ¿Podrías, me dispongo a decirle, cruzar en mi camino a una persona alegre, con quien pueda reírme y a quien le guste caminar? Seguro que conoces a alguien que se remeta bien la bufanda cruzada dentro de un abrigo a la antigua, que me tenga bien cogida del brazo y me lleve sin perdernos por la nieve y por el bosque.

ODILE TOSCANO

Todo le irrita. Las opiniones, las cosas, la gente, todo. Ya no hay modo de que salgamos sin que terminemos mal. Acabo convenciéndolo de que salgamos, pero al final lo lamento casi siempre. Nos despedimos de la gente con bromas estúpidas, nos reímos en el rellano y en el ascensor se instala la frialdad. Algún día habría que estudiar ese silencio, específico del coche y de la noche, cuando vuelves tras haber exteriorizado tu bienestar de cara a la galería, mezcla de connivencia y de autoengaño. Un silencio que ni siquiera tolera la radio, pues ¿quién, en esa guerra de discrepancia muda, se atrevería a ponerla? Esta noche, mientras me desvisto, Robert, como de costumbre, se demora en la habitación de los niños. Sé lo que hace. Controla su respiración. Se inclina y comprueba detenidamente si no están muertos. Luego nos encontramos los dos en el cuarto de baño. Ninguna comunicación. Se cepilla los dientes, yo me desmaquillo. Va al servicio. Me lo encuentro sentado en la cama; consulta el correo en su Blackberry, pone el despertador. Acto seguido se desliza en las sábanas y apaga al instante la luz de su lado; yo me siento al otro lado de la cama, pongo el despertador, me doy crema en las manos, me tomo un Stilnox, dejo a mi alcance los tapones Quies y el vaso de agua en la mesita de noche. Coloco bien las almohadas, me pongo las gafas y me acomodo para leer. Apenas he empezado cuando Robert, con voz impersonal, dice, apaga por favor. Es la primera frase que pronuncia desde que estábamos en el rellano de Rémi Grobe. No contesto. Al cabo de unos segundos, se incorpora y se me echa casi encima para apagar mi lámpara de cabecera. Consigue apagarla. A oscuras, le golpeo en el brazo, en la espalda, al final varias veces, y vuelvo a encender. Robert dice, llevo tres noches sin dormir, ¿qué quieres, que me dé un soponcio? No alzo los ojos del libro y digo, tómate un Stilnox. – Yo no tomo esas mierdas. – Entonces no te quejes. – Estoy cansado Odile... Apaga. Apaga joder. Se hace un ovillo bajo las sábanas. Intento leer. Me pregunto si la palabra *cansado* en boca de Robert no habrá contribuido a alejarnos más que cualquier otra cosa. Me niego a atribuirle un significado existencial. De un protagonista literario se acepta que se retire a la región de las sombras, pero no de un marido con quien se comparte una vida doméstica. Robert enciende su lámpara, aparta las sábanas con desproporcionada brusquedad y se sienta en el borde de la cama. Sin volverse, dice, me voy al hotel. Yo me callo. No se mueve. Leo por séptima vez «A la luz que se filtraba todavía a través de las deterioradas persianas, Gaylor vio al perro tumbado bajo la silla agujereada, el lavabo de loza desconchada. En la pared de enfrente, un hombre lo miraba con cara triste... Gaylor se acercó al espejo...». Ay, ¿quién era Gaylor? Robert se inclina hacia delante, me da la espalda. En esa postura, espeta, ¿qué he hecho?, ¿he hablado demasiado? ¿Soy agresivo? ¿Bebo demasiado? ¿Tengo papada? Vamos, suelta la letanía. ¿Qué ha sido esta noche? Hablas demasiado, eso seguro, digo. – Era tal coñazo. – Y vomitivo. – La verdad es que bastante aburrido. – Vomitivo. ¿A qué coño se dedica ese Rémi Grobe? – Es consultor. – ¡Consultor! ¿Quién es el genio que se ha inventado esa palabra? No sé por qué nos torturamos yendo a esas cenas absurdas. – Nadie te obliga a ir. – Pues sí. – Pues no. – Claro que sí. ¡Y esa capulla vestida de rojo, que ni se ha enterado de que los japoneses no tienen la bomba! – ¿Pero eso qué más da? ¿Quién necesita saberlo? – Cuando no se conocen las fuerzas defensivas japonesas –¿quién las conoce, además?–, no se mezcla uno en una conversación sobre las reivindicaciones territoriales en el mar de China. Tengo frío. Intento tirar de la colcha. Al sentarse al borde de la cama, Robert la ha inmovilizado sin querer. Tiro, me deja tirar de la colcha sin moverse un centímetro. Tiro lanzando un pequeño gemido. Es una lucha muda y totalmente estúpida. Acaba levantándose y sale de la habitación. Vuelvo a la página anterior para averiguar quién es Gaylor. Robert reaparece al instante, se ha puesto el pantalón. Busca los calcetines, los encuentra, se los embute. Se vuelve a ir. Lo oigo hurgar en el pasillo y abrir un armario. Luego me da la impresión de que ha vuelto a entrar en el cuarto de baño. En la página anterior, Gaylor discute en el fondo de un garaje con un hombre que se llama Pal. ¿Quién es ese Pal? Me levanto de la cama. Me pongo las zapatillas y me reúno con Robert en el cuarto de baño. Se ha puesto una camisa, sin abrochársela, sentado en el borde de la bañera. Le pregunto, ¿adónde vas? Hace un gesto de desesperación, como diciendo, no lo sé, a donde sea. Digo: ¿quieres que te prepare una cama en el salón? – No te preocupes por mí Odile, acuéstate. – Robert, tengo cuatro vistas esta semana. – Déjame, por favor. Digo, vuelve, que apagaré. Me veo en el espejo. Robert ha encendido la luz mala. Nunca enciendo la luz del techo en el cuarto de baño, o, si no, combinada con los focos del lavabo. Digo, estoy fea. Me ha dejado el pelo demasiado corto. Robert dice, demasiado. Es el tipo de humor de Robert. Medio chinchoso, medio inquietante. Lo hace para que me ría, incluso en los peores momentos. Y también lo hace para preocuparme. Digo, ¿lo dices en serio? Robert dice, ¿de qué es consultor ese capullo? – ¿De quién hablas? – De Rémi Grobe. – De arte, de bienes inmuebles, no lo sé exactamente. – Un tipo que anda metido en todo. Un estafador, vamos. ¿Está casado? – Divorciado. – ¿Te parece guapo? Se oye un roce en el pasillo, y una vocecita: ¿mamá? ¿Qué le pasa?, pregunta Robert, como si yo lo supiera, y con esa inflexión al punto inquieta que me crispa. Estamos aquí papá y yo, Antoine, digo, en el cuarto de baño. Aparece Antoine en pijama, medio lloroso. – He perdido a Doudine. ¡Otra vez! Digo, ¿pero es que ahora vas a perder a Doudine todas las noches? ¡A las dos de la mañana, no se juega con Doudine, se sueña con los angelitos, Antoine! La cara de Antoine se arruga casi a cámara lenta. Cuando la cara se le arruga de ese modo, resulta imposible atajar el llanto. Robert dice, pero ¿por qué lo abroncas al pobre? No lo abronco, digo, tras hacer acopio con esa frase de toda la capacidad de dominio sobre mí misma, pero no entiendo por qué no atamos a Doudine. ¡La atamos por las noches y ya está! Si no te riño cielo, pero no son horas de pensar en Doudine. Ale, a la cama. Nos encaminamos al cuarto de los niños. Antoine lloriqueando *Doudiiine*, Robert y yo en fila india por el pasillo. Entramos en el cuarto. Simon duerme. Le pido a Antoine que se calme para no despertar a su hermano. Robert susurra, la encontraremos campeón. ¿Vas a atarla?, gime Antoine sin hacer el menor esfuerzo por bajar la voz. No voy a atarla campeón, dice Robert. Enciendo la lámpara de cabecera y digo, pero ¿por qué no? Podemos atarla procurando que se encuentre bien cómoda. No notará nada y tú podrás tirar de ella con un cordel... Antoine se pone a gemir en plan sirena. Pocos niños poseen una modulación quejumbrosa tan ingrata. ¡Chssss!, digo. ¿Qué pasa?, dice Simon. – ¡Ya está! ¡Ya has despertado a tu hermano, bravo! – ¿Qué hacéis? Hemos perdido a Doudine, dice Robert. Simon nos mira con los ojos entreabiertos como si fuéramos retrasados mentales. Tiene razón. Me agacho para buscar bajo el somier. Extiendo la mano por donde puedo porque apenas se ve. Robert hurga en la colcha. Con la cabeza hundida bajo la cama, rezongo, ¡no entiendo cómo puedes estar despierto en plena noche! No es normal. A los nueve años, se duerme. De repente, la palpo, encajada entre los listones y el colchón. ¡Ya la tengo! ¡Ya la tengo! ¡Qué jodida esta Doudine!... Antoine se pega a la boca el animalito de trapo. – ¡Ale, a la cama! Antoine se acuesta. Le doy un beso. Simon se envuelve en las sábanas y se da media vuelta como si acabara de presenciar una escena deplorable. Apago la lámpara. Procedo a empujar a Robert fuera de la habitación. Pero Robert se queda. Quiere contrarrestar la sequedad de la madre. Quiere restablecer la armonía en la habitación encantada de la infancia. Lo veo inclinarse sobre Simon y besarlo en la nuca. Acto seguido, en una penumbra que oscurezco al máximo al cerrar la puerta, se sienta en la cama de Antoine, remete las sábanas, lo arropa con el edredón, encaja bien a Doudine para que no se escape. Lo oigo murmurar palabras tiernas, me pregunto si no se habrá arrancado con un cuentecillo del bosque de Maître Janvier. Antes, los hombres partían a la caza del león o a conquistar territorios. Aguardo en el umbral de la puerta, moviendo a cada rato el batiente para señalar mi exasperación, por más que mi postura marmórea sea ya lo bastante elocuente. Robert acaba levantándose. Salimos al pasillo, en silencio, Robert entra en el cuarto de baño, yo en la habitación. Vuelvo a la cama. Me pongo las gafas. «Pal estaba sentado tras su escritorio. Sus manos regordetas descansaban en el cartapacio sucio. Aquella mañana, informó a Gaylor, Raoul Toni había entrado en el garaje...» ¿Quién es Raoul Toni? Se me cierran los ojos. Me pregunto qué hará Robert en el cuarto de baño. Oigo un ruido de pasos. Aparece. Se ha quitado el pantalón. ¿Cuántas veces en la vida habré visto ese vestirse y desvestirse loco y amenazante? Digo, ¿te parece normal que todavía tenga un peluche a los nueve años? – Pues claro. Yo aún tenía uno a los dieciocho. Me entran ganas de reír pero lo disimulo. Robert se quita los calcetines y la camisa. Apaga su lámpara y se mete en las sábanas. Creo saber quién es Gaylor. Gaylor es el tipo al que contratan para encontrar a la hija de Joss Kroll, y me pregunto si, al principio, no aparecía Raoul Toni en la tómbola... Se me cierran los ojos. Esa novela policiaca no vale nada. Me quito las gafas, apago la lámpara. Me vuelvo hacia la mesita de noche. Me doy cuenta de que no he corrido suficientemente la cortina y de que entrará muy pronto la luz. Qué se le va a hacer. Digo, ¿por qué se despierta Antoine en plena noche? Robert contesta, porque no nota a Doudine. Durante un rato permanecemos los dos a cada lado de la cama, contemplando paredes opuestas. Hasta que me vuelvo, una vez más, y me arrimo a él. Robert me rodea la cintura con las manos y dice, debería atarte también a ti.

VINCENT ZAWADA

Mientras espera la sesión de radioterapia en la clínica Tollere Leman, mi madre repasa a cada paciente de la sala de espera y dice, sin bajar apenas la voz, peluca, peluca, no es seguro, peluca no, peluca no... Mamá, mamá, no levantes la voz, digo, te oye todo el mundo. ¿Qué dices? Hablas para ti, no entiendo nada, dice mi madre. – ¿Te has puesto el aparato? – ¿Qué? – ¿Que si te has puesto el audífono? ¿Por qué no te lo pones? – Porque me lo tengo que quitar durante la sesión. – Póntelo mientras tanto mamá. No sirve para nada, dice mi madre. El hombre que se sienta a su lado me sonríe con simpatía. Sostiene en las manos una gorra Príncipe de Gales, y su tez pálida casa con el anticuado traje tipo inglés. De todas formas, dice mi madre hurgando en el bolso, tampoco lo he traído. Regresando a su observación, baja apenas la voz para decir, ésa no pasará de este mes, ya ves que no soy la mayor, eso me tranquiliza... Mamá, por favor, digo, mira, hay un pequeño pasatiempo divertido en *Le Figaro*. – Bueno, si te hace ilusión. – ¿Qué verdura, hasta entonces desconocida, introdujo la reina Catalina de Médicis en la corte? ¿La alcachofa, el brócoli, el tomate? La alcachofa, dice mi madre. – La alcachofa, bravo. ¿Cuál fue el primer empleo de Greta Garbo cuando tenía catorce años? ¿Aprendiza en una peluquería, doble de Shirley Temple en *Little Miss Marker*, escamadora de arenques en la lonja de Estocolmo, su ciudad natal? Escamadora de arenques en Estocolmo, dice mi madre. – Aprendiza en una peluquería. Ah, bueno, claro, dice mi madre, mira que soy tonta, ¡desde cuándo tienen escamas los arenques! Desde hace mucho, si me lo permite, interviene el hombre sentado a su lado en cuya corbata gris de lunares rosas reparo ahora. ¿Ah, sí?, dice mi madre, no, no, los arenques no tienen escamas, igual que las sardinas. Las sardinas también han tenido siempre escamas, dice el hombre. Las sardinas tienen escamas, primera noticia, dice mi madre, ¿tú lo sabías Vincent? Al igual que los boquerones, y los espadines, añade el hombre, ¡en cualquier caso, deduzco que no toma usted comida kosher! Se ríe y me incluye en su intento de familiaridad. Pese a sus dientes amarillentos y a su pelo alborotado, tiene cierta presencia. Asiento con amabilidad. Menos mal, contesta mi madre, menos mal que no tomo comida kosher, con el poco apetito que me queda ya. ¿Qué médico tiene usted?, pregunta el hombre, desanudándose ligeramente la corbata de lunares, una vez acomodado el cuerpo a la conversación. El doctor Chemla, dice mi madre. Philip Chemla, el mejor, no hay otro mejor, me lleva desde hace seis años, dice el hombre. A mí, desde hace ocho, dice mi madre, orgullosa de que la lleve alguien desde hace tanto tiempo. ¿El pulmón también?, pregunta el hombre. El hígado, contesta mi madre, primero el pecho y luego el hígado. El hombre afirma con la cabeza como quien conoce el paño. Pero sabe usted yo soy atípica, prosigue mi madre, no hago nada como todo el mundo, Chemla me dice cada vez, Paulette (me llama Paulette, soy su ojito derecho), es usted totalmente atípica, léase, hubiera tenido que palmar hace mucho tiempo. Mi madre se ríe de buena gana, el hombre también. Por mi parte, me pregunto si no va siendo hora de volver al pasatiempo. Es verdad, es que es estupendo, prosigue mi madre ya incontrolable, y me parece una persona muy atractiva. La primera vez que lo vi le dije, ¿está usted casado, doctor? ¿Tiene hijos? No tenía hijos. Le dije, ¿quiere usted que le enseñe cómo se hacen? Le aprieto la mano, cuya piel está reseca y alterada por la medicación, y digo, mamá, escucha. Qué, dice mi madre, si es la verdad, estaba encantado, se rió como un loco, como pocas veces he visto reír a un on-cólogo. El hombre asiente. Dice, es un gran se-ñor, Chemla, un *mensch*. Un día, nunca lo olvi-daré, pronunció la siguiente frase, cuando alguien entra en mi consulta, me hace un gran honor. ¿Sabe que no ha cumplido los cuarenta? A mi madre eso la trae totalmente sin cuidado. Prosi-gue con lo suyo como si no hubiera oído nada. El viernes, cada vez levanta más la voz, le dije, el doctor Ayoun (mi cardiólogo) es bastante mejor médico que usted, bueno, eso me extrañaría, pues sí, enseguida me felicitó por mi nuevo som-brero, mientras que usted, doctor, ni siquiera re-paró en él. Tengo que moverme. Me levanto y digo, voy a preguntarle a la recepcionista cuánto falta para que te reciban. Mi madre se vuelve ha-cia su nuevo amigo: va a fumar, mi hijo va a salir a fumar un cigarrillo, eso es lo que va a hacer en realidad, dígale usted que se está matando a fue-go lento a sus cuarenta y tres años. Pues así nos moriremos a la vez mamá, mira el lado bueno de las cosas. Muy gracioso, dice mi madre. El hom-bre de la corbata de lunares se pellizca la nariz e inspira como quien se dispone a declarar algo de-cisivo. Zanjo el asunto para aclarar que no salgo a fumar aunque un chute de nicotina me sentaría de maravilla, sino que sólo voy a hablar con la recepcionista. Al volver informo a mi madre de que la radiarán dentro de diez minutos y de que el doctor Chemla aún no ha llegado. Ah, eso es típico de Chemla, siempre reñido con el reloj, ni se plantea que podamos llevar una existencia aneja, dice el hombre, encantado de volver a intervenir y esperando llevar la voz cantante. Pero mi madre vuelve a atacar: yo me llevo de maravilla con la recepcionista, siempre me hace pasar primero, la llamo Virginie, me adora, añade mi madre en voz baja, le digo: sea buena, póngame la primera Virginie, tesoro, eso le gusta, la personaliza. Vincent cariño, ¿no deberíamos traerle bombones la próxima vez? Por qué no, digo. – ¿Cómo? Hablas para ti. Digo, es una buena idea. Hubiéramos debido tirar los Vanille Kipferl de Roseline, dice mi madre, ni siquiera he abierto la caja. No sabe hacerlos, da la impresión de que comes arena. Pobre Roseline, tiembla ya como un manojo de llaves. Es que es otra mujer desde que desapareció su hija en el tsunami, su cuerpo es uno de los veinticinco que no aparecieron, Roseline cree que sigue viva, a veces me irrita, me dan ganas de decirle, sí claro, la recogieron los chimpancés y la volvieron amnésica. Digo, no seas mala mamá. – No soy mala, pero es que hay que ser realista, ya se sabe que el mundo es un valle de lágrimas. El valle de lágrimas, una expresión de tu padre, ¿te acuerdas? Contesto, sí, me acuerdo. El hombre de la corbata de lunares parece hallarse abismado en pensamientos más bien sombríos. Se ha inclinado hacia delante, y observo una muleta colocada a lo largo de su silla. Pienso que quizá le duele algún punto del cuerpo y me digo que otras personas presentes en esa sala de espera de la clínica Tollere Leman deben de tener también alguna dolencia secreta. Sabe usted, dice mi madre inclinándose hacia el hombre con cara sorprendentemente seria, mi marido estaba obsesionado con Israel. El hombre se incorpora y se recompone los faldones de su traje de rayas. Los judíos están obsesionados con Israel, yo no, yo no estoy en absoluto obsesionada con Israel pero mi marido lo estaba. Me cuesta seguirle el hilo a mi madre en ese viraje. A no ser que quiera enmendar la falsa pista de los pescados sin escamas. Sí, quizá pretende precisar que toda su familia es judía, incluida ella, pese a su ignorancia de las pautas fundamentales. ¿A usted también le obsesiona Israel?, pregunta mi madre. Naturalmente, contesta el hombre. Apruebo su laconismo. Si por mí fuera, podría disertar sobre el calado de esa respuesta. Mi madre tiene una percepción distinta de las cosas. Cuando conocí a mi marido, él no tenía nada, dice, su familia regentaba una mercería en la rue Réaumur, minúscula, una ratonera. Al final de su vida era mayorista, tenía tres tiendas y una casa de vecinos. Quería legárselo todo a Israel. – Mamá, ¿se puede saber qué te pasa? ¡Qué estás contando! Es la verdad, dice mi madre, sin molestarse en volverse, éramos una familia muy unida, muy feliz, el único punto negro era Israel. Un día le dije que Israel no necesitaba tener un país y por poco me pega. Otra vez Vincent quiso descender el Nilo y lo echó a cajas destempladas. El hombre se dispone a hacer una observación, pero no es lo bastante rápido. Cuando abre sus labios descoloridos, mi madre ya ha retomado el hilo. Chemla quiere ponerme un nuevo tratamiento. Ya no soporto el Xynophren. Tengo las manos despellejadas, ya ve. Chemla quiere volver a la quimio por perfusión intravenosa, con lo cual se me caerá el pelo. Mamá eso no es seguro, intervengo. Chemla dice que hay una probabilidad de cada dos. Eso quiere decir que hay dos probabilidades de cada dos, dice mi madre descartando mi aserción con un gesto, pero yo no quiero morir como en Auschwitz, no quiero acabar con el coco pelado. Si sigo ese tratamiento, ya puedo despedirme de mi pelo. A mi edad, no me quedará tiempo para verlo crecer. Y puedo despedirme de mis sombreros. Mi madre agita la cabeza con una mueca de pesar. Se mantiene muy tiesa mientras habla sin parar, con el cuello estirado como una jovencita piadosa. No me hago ilusiones sabe usted, dice. Estoy aquí charlando con usted en esta horrenda sala de espera por complacer a mis hijos y al doctor Philip Chemla. Soy su niña bonita, le gusta seguir cuidando de mí. Entre nosotros, esos rayos no sirven de nada. Se supone que me devuelven la vista que tenía antes y cada día veo peor. No digas eso mamá, la interrumpo, te han explicado que el resultado no es tan inmediato. ¿Qué dices?, dice mi madre, hablas para ti. El resultado no es inmediato, repito. No instantáneo quiere decir que no está garantizado, dice mi madre. La verdad es que Chemla no está seguro de nada. Está tanteando. Yo le sirvo de cobaya, bueno, también hacen falta. Soy fatalista. Mi marido, en su lecho de muerte, me preguntó si seguía siendo enemiga de Israel, la patria del pueblo judío. Yo contesté, qué va, claro que no. ¿Qué se le va a decir a un hombre que muy pronto dejará este mundo? Se le dice lo que quiere oír. Es muy extraño que la gente se aferre a valores tan estúpidos. En los últimos momentos, cuando todo va a desaparecer. La patria, ¿quién necesita la patria? Hasta la vida, llegado un momento, es un valor estúpido. Hasta la vida, ¿no cree usted?, dice mi madre suspirando. El hombre se lo piensa. Podría contestar porque mi madre parece haber suspendido su parloteo para pasar a una fase curiosamente meditativa. En ese instante una enfermera llama al señor Ehrenfried. El hombre coge su muleta, su gorra Príncipe de Gales y un loden que reposa en la silla contigua. Todavía sentado, se inclina hacia mi madre y susurra: la vida quizá, pero no Israel. Luego apoya el brazo en la muleta y se levanta con dificultad. El deber me llama, dice inclinándose, Jean Ehrenfried, ha sido un placer. Se nota que todo movimiento le cuesta, pero su rostro sigue sonriente. El sombrero que lleva hoy, añade, ¿es el mismo por el que le felicitó el cardiólogo? Mi madre toca el sombrero para comprobarlo. – No, no, éste es el de lince. El del doctor Ayoun es tipo Borsalino con una rosa de terciopelo negro. Pues yo la felicito por el de hoy. Ha ennoblecido esta sala de espera, dice el hombre. Es mi primera toca de lince, dice mi madre contoneándose, hace cuarenta años que la llevo, ¿aún me sienta bien? De maravilla, dice Jean Ehrenfried imprimiendo un pequeño giro a su gorra a modo de saludo. Lo vemos andar y desaparecer tras la puerta de la radioterapia. Mi madre hunde sus martirizadas manos en el bolso. Saca una polvera y una barra de labios y dice, va cojo, pobrecillo, me pregunto si no se habrá enamorado de mí ese hombre.

No vimos venir las cosas. No advertimos que todo podía acabar mal. No. Ni Lionel ni yo. Estamos solos y desamparados. ¿Con quién vamos a hablarlo? Tendríamos que poder hablarlo, pero ¿a quién confiar semejante secreto? Tendríamos que poder decírselo a gente de confianza, gente incondicional, que se tome en serio el asunto. No toleraremos el menor viso de humor sobre el asunto, por más que seamos conscientes, Lionel y yo, de que, si no se tratase de nuestro hijo, podríamos reírnos de ello. E incluso, para ser sinceros, reírnos en sociedad a la menor ocasión. Ni siquiera se lo hemos contado a Odile y a Robert. Los Toscano son amigos de toda la vida, aunque no resulte fácil mantener una amistad entre parejas. Profunda, quiero decir. En definitiva las únicas relaciones auténticamente íntimas entre las personas sólo funcionan entre dos. Tendríamos que habernos visto por separado, entre mujeres o entre hombres, o tal vez de forma cruzada (siempre que Robert y yo podamos acabar encontrando algo que decirnos en privado). Los Toscano se mofan de nuestra faceta fusionista. Han desarrollado respecto a nosotros una ironía constante que ha acabado por hartarme. No podemos decir la menor cosa sin que nos tachen de pareja estancada en un asfixiante bienestar. El otro día cometí el error de contar que había preparado un rodaballo con costra (voy a clases de cocina, me lo paso bien). ¿Un rodaballo con costra?, dijo Odile como si me expresara en otra lengua. – Sí, un rodaballo con una costra en forma de pescado. – Pero ¿cuántos erais? Nosotros dos, dije, Lionel y yo, para nosotros dos. Para vosotros dos, ¡qué barbaridad!, dijo Odile. No sé por qué, dijo mi prima Josiane, que estaba con nosotros, yo podría preparármelo para mí sola. Para ti sola es otro cantar, terció Robert, un rodaballo con costra en forma de pez únicamente para uno es algo que alcanza una dimensión trágica. Por lo general, finjo no entenderlos para que no se envenene el asunto. Lionel no les hace ni puñetero caso. Cuando se lo comento, me dice que es pura envidia y que la felicidad de los demás suele resultar agresiva. Si contásemos lo que nos está pasando, me pregunto yo cómo podría alguien envidiarnos. Pero precisamente porque encarnamos una imagen de armonía se hace tan difícil confesar la catástrofe. Me imagino el pitorreo que montaría gente como los Toscano. Hay que retroceder un poco para comprender la situación. A nuestro hijo Jacob, que acaba de celebrar sus diecinueve años, le ha gustado siempre la cantante Céline Dion. Digo siempre porque esa admiración se remonta a su más temprana infancia. Un día el niño oye en un coche la voz de Céline Dion. Flechazo. Le compramos el álbum, luego el siguiente, la pared se cubre de pósters y comenzamos a vivir con un pequeño fan como supongo que existen millones más en el mundo. Muy pronto nos invita a conciertos en su habitación. Jacob se viste de Céline con una de mis combinaciones y canta en play-back siguiendo la voz de su ídolo. Recuerdo que se confeccionaba una cabellera desenrollando las cintas magnéticas de las casetes de la época. No estoy segura de que Lionel acabara de apreciar el espectáculo, pero era muy divertido. Teníamos ya que aguantar los choteos de Robert, que nos felicitaba por nuestra tolerancia y nuestra amplitud de miras. Pero era muy divertido. Jacob crece. Poco a poco deja de limitarse a cantar como ella, sino que habla como ella y concede entrevistas al vacío con acento canadiense. Hace de Céline y también de René, el marido. Era gracioso. Nos reíamos. La imitaba a la perfección. Le hacíamos preguntas, quiero decir que hablábamos con Jacob y él nos contestaba como Céline. Era muy divertido, divertidísimo. No sé lo que se estropeó. Cómo pasamos de una pasión pueril a ese... no sé qué palabra emplear... ¿ese trastorno de la mente? ¿Del ser?... Una noche estábamos sentados los tres a la mesa de la cocina, Lionel le dijo a Jacob que estaba cansado de oírle hacer el payaso en quebequés. Yo había preparado un *petit salé* con lentejas. Por lo general es un plato que les chifla a ambos, pero se mascaba algo triste en el ambiente. Una sensación comparable a la que puede experimentarse en la intimidad cuando la otra persona se repliega en sí misma y ve uno en ello un presagio de abandono. Jacob fingió no entender la palabra payaso. Contestó a su padre, con su acento quebequés, que aunque vivía en Francia desde hacía algún tiempo, él era canadiense y no tenía intención de renegar de sus orígenes. Lionel alzó el tono de voz diciendo que la cosa empezaba a no tener gracia y Jacob replicó que no podía «pelearse» pues debía proteger sus cuerdas vocales. A partir de aquella terrible noche, comenzamos a vivir con Céline Dion materializada en el cuerpo de Jacob Hutner. No se nos volvió a llamar papá y mamá, sino Lionel y Pascaline. Y dejamos de mantener la menor relación con nuestro hijo real. Al principio pensábamos que se trataba de una crisis pasajera, los adolescentes suelen sufrir esos pequeños delirios. Pero cuando Bogdana, la asistenta, vino a decirnos que Jacob había pedido, con suma delicadeza, un humidificador para su voz (la mujer estaba a punto de opinar que nuestro hijo era muy sencillo para ser una gran estrella), sentí que las cosas comenzaban a tomar un mal cariz. Sin decírselo a Lionel, los hombres a veces son demasiado prosaicos, acudí a un hipnotizador. Había oído ya hablar de personas poseídas por un espíritu. El hipnotizador me explicó que Céline Dion no era un espíritu. Y por lo tanto él no podía apartarla de Jacob. El espíritu es un alma errante que se introduce en un ser vivo. No podía liberar a un hombre habitado por una persona que canta a diario en Las Vegas. El hipnotizador me aconsejó que consultara a un psiquiatra. La palabra psiquiatra se hundió en mi garganta como un tapón de algodón. Necesité que pasara algún tiempo antes de formularla en casa. Lionel se mostró más lúcido. Me habría sido imposible superar esa prueba sin la estabilidad de Lionel. Mi marido. Mi corazón. Un hombre fiel a sí mismo, que nunca ha querido figurar y a quien no atraen los caminos tortuosos. Un día Robert dijo de él, es un hombre que busca la alegría, que persigue la felicidad, pero una felicidad que yo llamaría «cúbica». Nos reímos de la malignidad del término, incluso le di un cachete a Robert. Pero sí, en definitiva, cúbica. Sólida. Firme en todos los aspectos. Conseguimos llevar a Jacob a un psiquiatra haciéndole creer que era un otorrino. El psiquiatra prescribió una estancia en una clínica. Me conmocionó comprobar cómo podía manipularse tan fácilmente a nuestro hijo. Jacob traspasó alegremente el umbral del sanatorio, convencido de que entraba en un estudio de grabación. Una suerte de estudio-hotel reservado a las estrellas de esa idiosincrasia para que no tengan que realizar el trayecto todas las mañanas. El primer día, al entrar en aquella habitación vacía y blanca, estuve a punto de arrojarme a sus pies y pedirle que me perdonase por aquella traición. Le dijimos a todo el mundo que Jacob había ido a hacer unos cursillos en el extranjero. A todo el mundo, incluidos los Toscano. La única persona que comparte nuestro secreto es Bogdana. Insiste en prepararle pasteles serbios de nueces y de semillas de amapola, que Jacob no toca, pues ya no le gusta nada de lo que le gustaba antes. Físicamente está normal, no imita a una mujer. Es algo mucho más profundo que una imitación. Lionel y yo hemos acabado llamándolo Céline. Entre nosotros, a veces decimos *ella*. El doctor Igor Lorrain, el médico psiquiatra que lo trata en el centro, nos dice que no lo pasa mal, salvo cuando ve las noticias. Le obsesiona el carácter arbitrario de su suerte y de su privilegio. Las enfermeras no saben si quitarle el televisor, porque llora cuando ve los telediarios de la noche, incluso ante una cosecha destrozada por el granizo. Al psiquiatra le preocupa también otro aspecto de su comportamiento. Jacob baja al vestíbulo para firmar autógrafos. Se enrolla varias bufandas al cuello para no acatarrarse, su gira mundial le obliga a cuidarse, bromea el médico (no me gusta mucho ese médico), y se planta ante la puerta giratoria, convencido de que la gente que entra en la clínica ha recorrido kilómetros para ir a verlo. Allí estaba cuando llegamos ayer por la tarde. Lo vi desde el coche, antes de entrar en el parking. Inclinado sobre un niño, tras los cristales de la puerta giratoria, absurdamente amistoso, garabateando algo en una libretita. Lionel conoce mis silencios. Una vez aparcado el coche miró hacia los plátanos y dijo, ¿estaba otra vez abajo? Asentí y nos abrazamos, incapaces de hablar. El doctor Lorrain nos dice que Jacob lo llama Humberto. Le hemos explicado que al parecer lo toma por Humberto Gatica, su ingeniero de sonido, bueno, quiero decir el ingeniero de sonido de Céline. Es bastante lógico si bien se piensa, pues ambos se parecen al cineasta Steven Spielberg. Del mismo modo, hemos oído a Jacob llamar Oprah (por Oprah Winfrey) a la enfermera martiniquesa, que se contonea como si eso la halagase. Hoy ha sido un día de lo más difícil. Primero nos ha dicho, con esa pronunciación suya que me resulta imposible imitar, Lionel y

Pascaline, no parecéis muy felices últimamente. Yo siento mucha empatía con los demás y me apena veros así. ¿Queréis que os cante algo para subiros la moral? Le hemos dicho que no, que mejor que descansara la voz, que bastante trabajo tenía ya con las grabaciones. Pero aun así se ha empeñado. Nos ha puesto a uno al lado del otro, como hacía de niño, Lionel en un taburete, yo en la butaca de escay. Y se ha puesto a cantar, de pie ante nosotros, con excelente ritmo, una canción que se llama *Love Can Move Mountains*. Al final, hemos hecho lo que hacíamos cuando era niño, prorrumpir en aplausos. Lionel me ha rodeado los hombros con el brazo para impedir que me flaqueasen las piernas. Al marcharnos por la noche, hemos oído a gente llamarse entre sí con acento canadiense. ¡Eh David Foster ven a ver! ¿Ha bajado Humberto? ¡Pregúntale a Barbra!... ¡Ésa también tendría que hacer su *two years break!*... Hemos oído risas y comprendido que el personal sanitario se divertía remedando a Céline y a sus allegados. Lionel no lo ha soportado. Ha entrado en la sala de donde salían las risas y ha dicho con voz solemne, que incluso a mí me ha sonado enseguida un poco ridícula, soy el padre de Jacob Hutner. Se ha hecho un silencio. Y nadie sabía qué decir. Y yo he dicho, ven Lionel, no pasa nada. Y los enfermeros han comenzado a balbucir disculpas. Y yo le he tirado de la manga a mi marido. No sabíamos ya ni dónde estaba el ascensor, hemos bajado, desorientados, por unas escaleras que resonaban bajo nuestros pasos. Fuera era casi de noche, caían unas gotas. Me he enfundado los guantes y Lionel ha echado a andar por el parking sin siquiera esperarme. He dicho, espérame, corazón. Se ha vuelto, amusgando los ojos por las gotas, me ha parecido que tenía la cabeza pequeñita y que le había menguado el pelo bajo la luz de la farola. He pensado, tenemos que reanudar nuestra vida normal, Lionel tiene que volver a la oficina, tenemos que recobrar la alegría. En el coche he dicho que me apetecía ir a la Cantina rusa, tomar vodka y comer pirozhkis. Luego le he preguntado, ¿tú quién crees que es Barbra? Barbra Streisand, ha dicho Lionel. – Sí, pero ¿y en la clínica? ¿Crees que es la jefa de planta narizotas?

PAOLA SUARES

Soy muy sensible a las luces. Quiero decir psíquicamente. Me pregunto si todo el mundo es sensible de ese modo a la luz o si sufro una vulnerabilidad particular. La luz exterior la tolero. Un tiempo triste lo tolero. El cielo es para todo el mundo. Los hombres se internan en la misma niebla. Los interiores nos devuelven a nosotros mismos. La luz de los lugares cerrados me ataca personalmente. Golpea los objetos y me golpea el alma. Ciertas luces me privan de todo sentimiento de futuro. De niña, comía en una cocina que daba a un patio interior. La iluminación que llegaba del techo lo volvía todo tétrico y te hacía sentirte olvidada por el mundo. Cuando llegamos, a eso de las ocho de la noche, ante el centro hospitalario del distrito X donde Caroline acababa de dar a luz, propuse a Luc que subiera conmigo, pero contestó que prefería esperar en el coche. Me preguntó si tardaría mucho y contesté, no, no, aunque la pregunta me pareció un tanto extemporánea por no decir vulgar. Llovía. La calle estaba desierta. También el vestíbulo de la maternidad. Llamé a la puerta de la habitación. Me abrió Joël. Sentada en la cama, en bata, pálida, feliz, Caroline sostenía a una minúscula niña en los brazos. Me incliné. Era guapa. Muy fina, realmente bonita. No me costó nada decirlo y felicitarlos. Hacía muchísimo calor en la habitación. Pedí un jarrón para poner el ramo de anémonas. Joël me dijo que estaba prohibido tener flores en las habitaciones y que tendría que llevármelas. Me quité el abrigo. Caroline entregó el bebé a su marido y se metió en la cama. Joël recibió el bultito en los brazos y, sin dejar de mecerlo, se sentó en la butaca de escay, henchido de paternidad. Caroline sacó un catálogo de Jacadi y me mostró la cuna plegable de viaje. Anoté la referencia. En un anaquel de formica, había paquetes medio desenvueltos y varios frascos de gel desinfectante. Pregunté si había servicio de reanimación en el establecimiento, pues estaba al borde de la apoplejía. Caroline dijo que no podía abrir la ventana por la niña y me ofreció unas pastas de fruta descoloridas. En la cuna transparente yacían un biberón desechable y un pañal arrugado. Bajo la extraña luz de la lámpara de techo, las telas, sábanas, toallas y baberos se veían amarillos. En ese ambiente viciado, indescriptiblemente mortecino, comenzaba una vida. Acaricié la frente de la niña adormilada y besé a Joël y a Caroline. Antes de salir, deposité las anémonas mustias por el calor en un mostrador del vestíbulo. En el coche, le dije a Luc que la hija de mi amiga era guapa de verdad. Luc preguntó, ¿qué hacemos? ¿Vamos a tu casa? Y yo dije, no. Luc pareció sorprendido. Yo dije, me apetece cambiar. Puso en marcha el coche y arrancó al azar. Lo noté irritado. – Ya no soporto esa tranquilidad con la que decidimos ir siempre a mi casa. Luc no contestó. No tendría que haberlo dicho así. Lamenté la palabra tranquilidad, pero no puede una controlarse siempre. Seguía lloviendo. Circulamos sin hablarnos. Luc aparcó delante mismo de la Bastille. Caminamos hasta un restaurante que él conocía y que estaba lleno. Luc negoció pero no había nada que hacer. Estábamos ya muy lejos del coche y habíamos dado muchas vueltas hasta que encontramos un hueco. Al cabo de un rato, en la calle, dije que tenía frío y Luc replicó con tono que noté irritado, vamos ahí. – No, ¿por qué ahí? – Porque tienes frío. Entramos en un sitio que no me gustaba nada y Luc aceptó de inmediato la mesa que proponía el dueño. Me preguntó si me parecía bien mientras nos sentábamos. La noche estaba tomando un mal sesgo. No me atreví a negarme. Se sentó enfrente de mí, con los codos apoyados en la mesa, las manos cruzadas y tamborileando los dedos. Yo seguía teniendo frío y no podía quitarme el abrigo ni la bufanda. El camarero trajo la carta. Luc fingió estudiarla. Se le veían ojeras bajo la lívida luz del fluorescente. Recibió un mensaje de su hija pequeña en el móvil y me lo enseñó. «¡Estamos tomando una raclette!» Su mujer y sus hijos estaban de vacaciones en la montaña. Eché en cara a Luc su falta de delicadeza, amén de parecerme patética esa chochez paternal. Pero sonreí amablemente. Qué suerte tiene, dije. Sí, dijo Luc. Un sí marcado, poco distendido. No estaba de humor para saber protegerme de esa entonación. Dije, ¿y no vas con ellos? – Sí, el viernes. Pensé, que se vaya al infierno. No había absolutamente nada que yo pudiera comer en aquella carta. Además, ni en ésa ni en ninguna del mundo y dije, no tengo hambre, tomaré sólo una copa de coñac. Pues a mí me apetece una escalopa con patatas fritas, dijo Luc. Me asaltó un ataque de melancolía en aquel birrioso box, supuestamente íntimo. El camarero limpió la mesa de madera barnizada, sin dejarla ni siquiera del todo limpia. Me pregunto si los hombres sufren, sin confesárselo, esa clase de ataques. Pensé en la niñita que vivía sus primeros momentos, envuelta en pañales en aquella habitación de luz macilenta. Me vino a la mente una historia que me apresuré a contar a Luc para rellenar el silencio. Una noche, durante una cena, un psiquiatra, que es también psicoanalista, refirió las palabras de un paciente suyo que sufría de soledad. Ese paciente le había dicho, cuando estoy en casa, temo que se presente alguien y vea lo solo que estoy. El psicoanalista agregó, con tono levemente sardónico, el tipo está completamente cerrado en sí mismo. También le conté eso a Luc. Y Luc, mientras pedía una copa de vino blanco, adoptó el mismo tono sardónico que Igor Lorrain, el psicoanalista, un tono estúpido, y prosaico, y odioso. Debería haberme marchado, haberlo dejado plantado en aquel ridículo box, pero en vez de hacerlo dije, me gustaría ver dónde vives. Luc se hizo el sorprendido, como si no estuviera seguro de haberme oído bien. Repetí, me gustaría ir a tu casa, ver cómo vives. Luc me miró como si de repente me hubiera convertido en una persona con cierto interés y canturreó, ¿conque a mi casa, eh picaruela?... Asentí de modo vagamente travieso, y me reproché esa zalamería, esa incapacidad para mantener mi propio rumbo frente a Luc. Aun así dije, volviendo a lo de antes (acababan de traerme la copa de coñac), ¿no te ha gustado la historia del paciente? ¿No la has interpretado como una perfecta alegoría de la ausencia? ¿Ausencia de qué?, preguntó Luc. – Del otro. – Sí, sí, claro, dijo Luc apoyando la mano en el bote de mostaza. ¿Seguro que no quieres comer nada?

Al menos toma unas patatas fritas. Cogí una patata frita. No estoy habituada al coñac ni a los alcoholes fuertes. Me da vueltas la cabeza al primer sorbo. A Luc ni siquiera se le había ocurrido llevarme a un hotel. Estaba tan acostumbrado a ir a mi casa que no se le ocurrió la menor posibilidad de cambio. Los hombres son absolutamente inmovilistas. El movimiento lo creamos nosotras. Nos agotamos avivando el amor. Desde que conozco a Luc Condamine, me desvivo perpetuamente. Unos jóvenes escandalosos, llenos de energía, se sentaron en el box de detrás de nosotros. Luc me preguntó si veía a los Toscano últimamente. Nos conocimos en casa de los Toscano. Luc es el mejor amigo de Robert. Trabajan en el mismo periódico pero Luc es el reportero más importante. Dije que volvía tarde a casa y que veía a poca gente. Luc me dijo que Robert le había parecido deprimido y que le había presentado a una chica. Me sorprendió porque siempre he pensado que Robert no era el mismo tipo de hombre que Luc. No sabía que Robert tuviera aventuras, dije. – No las tiene, por eso me encargo yo de buscárselas. Le recordé que al ser amiga de Odile no podía compartir ese tipo de confidencias. Luc se rió restregándose la boca. Me pellizcó la mejilla como medio compadecido. Ya había dado cuenta del bol de patatas fritas y atacaba el resto de la escalopa. ¿Quién es?, dije. – ¡Oh no Paola! ¡Que tú eres amiga de Odile, y no quieres saberlo! – ¿Quién es? ¿La conozco? – Pero si tenías razón, estaría feo que lo supieras. – Sí, estaría muy feo. Vamos, dímelo. – Virginie, secretaria en una clínica. – ¿De qué la conoces?... Luc esbozó con un gesto el amplio mundo de sus relaciones. De repente me sentía alegre. Me había tomado la copa de coñac a inusitada velocidad. Pero me sentía alegre porque veía que Luc volvía a estarlo. Pidió una tarta de albaricoque con dos cucharas. Estaba ácida y demasiado cremosa, pero nos peleamos por la última fruta. Los jóvenes se reían detrás de nosotros y me sentí tan joven como ellos. Dije, ¿me llevas a tu casa Luc? Vamos, dijo. Ya no supe si era una buena idea. No tenía las ideas muy claras. Durante un rato todo era aún distendido. Corriendo bajo la lluvia. En el coche, al principio, el humor siguió siendo distendido. Hasta que se me cayó uno de los CD que estaban en la guantera central. El disco se salió de la carátula y rodó bajo mi asiento. Cuando di con él, Luc había recogido ya la carátula. Mientras conducía, me cogió el CD de las manos y lo metió él mismo en la carátula. A continuación lo dejó en su lugar inicial golpeteando con el dedo para restablecer la alineación. Todo ello sin ruidos. Sin palabras. Me sentí torpe y aun quizá culpable de indiscreción. Hubiera podido deducir de tal diligencia que Luc Condamine era un maniático, pero de forma estúpida, me entraron ganas de llorar como una niña pillada en falta. Ya no me parecía una buena idea ir a su casa. En el vestíbulo de su edificio, Luc abrió con sus llaves una puerta acristalada. Detrás había un cochecito de niño y un carrito plegable colgados de la barandilla. Luc me hizo pasar delante y subimos andando hasta la tercera planta, por una escalera devorada por un ascensor invisible. Luc iluminó la entrada de su piso. Divisé estantes con libros y un perchero de donde colgaban anoraks y abrigos. Me quité el mío, los guantes y la bufanda. Luc me hizo pasar al salón. Ajustó una lámpara de pie halógena y me dejó sola durante un instante. Había un sofá, una mesa baja, sillas heterogéneas, como en cualquier salón. Un sillón de cuero bastante usado. Una biblioteca, libros, fotos enmarcadas, una de ellas de Luc en el despacho oval, hipnotizado por Bill Clinton. Un conjunto de elementos aleatorios. Me senté en el borde del sillón de cuero. Ya había visto en algún sitio el estampado de las cortinas. Luc volvió, se había quitado la chaqueta. Me dijo, ¿quieres tomar algo? Un coñac, dije, como si en el espacio de una velada me hubiera transformado en una mujer que toma coñac cada dos por tres. Luc trajo una botella de coñac y dos copas. Se sentó en el sofá y escanció el licor. Bajó la intensidad de la lámpara de pie, encendió otra lámpara de tela plisada, y se repantigó sobre los cojines contemplándome. Yo estaba sentada sobre unos centímetros de sillón, tiesa, las piernas cruzadas, intentando darme un toque a lo Lauren Bacall con mi copa de licor. Luc se arrellanaba en el sofá, con las piernas abiertas. Entre él y yo, sobre una suerte de velador, había una foto enmarcada de su mujer sonriente, aparentemente en un minigolf, con sus dos hijas. Andernos-les-Bains, dijo Luc. Tienen una casa familiar en Andernos-les-Bains. La mujer de Luc es bordelesa. La cabeza empezaba a darme vueltas. Con una lentitud que se me antojó casi melodramática, Luc comenzó a desabrocharse la camisa con una mano. A continuación tiró de los faldones. Comprendí que la idea era que yo hiciera lo mismo, que me desnudara al mismo ritmo a unos metros de él. En ese sentido Luc Condamine ejerce un gran dominio sobre mí. Yo llevaba un vestido, y encima un cárdigan. Me descubrí un hombro. Luego me quité una manga del cárdigan para adelantarle. Luc se quitó una manga de la camisa. Yo me quité el cárdigan y lo tiré al suelo. Él hizo lo propio con la camisa. Luc estaba con el torso desnudo. Me sonreía. Yo me quité el vestido y enrollé una media. Luc se quitó los zapatos. Yo me quité la otra media, hice una bola con ella y se la arrojé. Luc se desabrochó la bragueta. Aguardé un instante. Él liberó su sexo y de pronto advertí que el sofá era de color turquesa. Un turquesa tornasolado bajo la luz artificial de la habitación, y pensé que en medio de lo demás resultaba bastante extraño haber elegido ese color de sofá. Me pregunté quién sería el responsable de la decoración entre aquella pareja. Luc se había tumbado en una postura lasciva que me pareció a la par atrayente y molesta. Contemplé la estancia, los cuadros en la falsa penumbra, las fotos, los farolillos marroquíes. Me pregunté de quién serían los libros, la guitarra, la horrible pata de elefante. Dije, nunca abandonarás todo esto. Luc Condamine alzó la cabeza y me miró como si acabara de decir una frase totalmente disparatada.

ERNEST BLOT

Mis cenizas. No sé dónde habrá que ponerlas. Encerrarlas en algún sitio o esparcirlas. Me lo planteo, instalado en la cocina, en batín ante el ordenador portátil. Jeannette va y viene, feliz de desplegar su actividad un día festivo. Abre armarios, acciona aparatos, hace tintinear cubiertos. Yo intento leer algún periódico en versión electrónica. Digo, ¡Jeannette!... Por favor. Nadie te obliga a ponerte en la cocina mientras preparo el desayuno, contesta mi mujer. Nos llega un fragor de tormenta a través de la ventana. Me siento gastado, encorvado, frunzo el ceño a pesar de las gafas. Contemplo mi mano que vaga por la mesa, apresando ese utensilio denominado *ratón;* un cuerpo en lucha con un mundo al que ya no pertenece. Los viejos, personas de otra época que viven en el futuro, dijo el otro día mi nieto Simon. Un genio ese crío. La lluvia comienza a batir contra el cristal y me acuden imágenes de mar, de río, de cenizas. Mi padre fue incinerado. Lo metieron en una caja de metal cuadrada, fea, pintada de marrón que era el color de las paredes del aula en el colegio Henri-Avril de Lamballe. Mi hermana Marguerite y yo esparcimos las cenizas junto con dos primos en un puente de Guernonzé. Él quería estar en el Braive. A cien metros de la casa donde había nacido. A las seis de la tarde. En plena ciudad. Yo tenía sesenta y cuatro años. Unos meses después de mi quíntuple baipás. No hay ningún lugar donde aparezca su nombre. Marguerite no acaba de hacerse a la idea de que no esté localizado. Cuando voy allí –una vez al año, queda lejos–, unas veces robo una flor, en algún lado, otras compro una, que arrojo furtivamente. La veo correr por el agua. Y paso diez minutos de plenitud. A mi padre le daba miedo que lo encerraran como a su hermano. Un hermano que era lo más opuesto a él. Un jugador empedernido. Tipo gran Gatsby. Cuando entraba en un restaurante, el personal se prosternaba. A él también lo incineraron. Su última mujer quiso ponerlo con su familia, en el panteón faraónico que poseen. El empleado de pompas fúnebres entreabrió la puerta de bronce cincelado, depositó la urna en el primero de los doce anaqueles de mármol y cerró. En el coche, a la vuelta del cementerio, mi padre dijo, toda la vida jactándote de entrar por la puerta grande, y al final te deslizan por un resquicio y te meten allí de cualquier manera. A mí también me gustaría esfumarme en una corriente de agua. Pero desde que vendí Plou-Gouzan L'Ic, me quedé sin río. En cuanto al río de mi infancia, ya no es agradable. Era un río agreste, crecían las hierbas entre las piedras y a lo largo corría un seto de madreselva. Actualmente las orillas están asfaltadas, y hay un aparcamiento al lado. O, si no, en el mar. Pero es demasiado grande (y me dan miedo los tiburones). Le digo a Jeannette, me gustaría que arrojases mis cenizas en un río pero todavía no he elegido cuál. Jeannette para la tostadora. Se restriega las manos con el paño y se sienta delante de mí. – ¿Tus cenizas? ¿Quieres que te incineren Ernest? Demasiado desasosiego en su semblante. Demasiado pathos. Me río mostrando dientes aviesos, sí. – ¿Y lo dices como si tal cosa, como si hablaras de la tormenta? – No es un gran tema de conversación. Ella calla. Alisa el paño en la mesa, ya sabes que no estoy de acuerdo. – Lo sé, Jeannette, pero no quiero que me hacinen en un panteón. – Nadie te obliga a hacerlo todo como tu padre. A tus setenta y tres años. – Es la mejor edad para hacer las cosas como tu propio padre. Me vuelvo a poner las gafas. Digo, ¿serías tan amable de dejarme leer? Primero me apuñalas y luego sigues con tu periódico, contesta. Me gustaría que apareciera un periódico en la pantalla. Pero me falta la contraseña, un identificador, ¿yo qué sé? Nuestra hija Odile se ha empeñado en reciclarme. Tiene miedo de que me embote y me aísle. Cuando estaba en los negocios, nadie me pedía que me integrara en la modernidad. Unos cuerpos sinuosos revolotean en la pantalla. Me recuerdan las moscas que se deslizaban ante mis ojos de niño. Se lo comenté a una amiguita. ¿Son ángeles?, le pregunté. Me dijo que sí. Me hizo sentir cierto orgullo. No creo en nada. Ni que decir tiene en esa sarta de estupideces religiosas. Pero sí creo un poco en los ángeles. En las constelaciones. En mi papel, siquiera infinitesimal, en el libro de las causas y efectos. No está prohibido imaginar ser parte de un todo. No sé qué demonios hace Jeannette con ese paño en vez de seguir haciendo tostadas. Retuerce las puntas y se las enrolla en el dedo índice. Me desconcentra totalmente. No puedo mantener una conversación seria con mi mujer. Conseguir que te entiendan es imposible. No existe modo alguno. Sobre todo en el marco matrimonial, donde todo cobra visos de juicio criminal. Jeannette desenrolla el paño con un golpe seco y dice con voz lúgubre, no quieres estar conmigo. ¿Contigo dónde?, digo. – Conmigo, en general. – Pues claro que quiero estar contigo Jeannette. – No. – En la muerte todos estamos solos. Deja tranquilo ya el paño, ¿qué haces? – Siempre me ha parecido triste que tus padres no estén enterrados juntos. Tu hermana piensa lo mismo. Papá es muy feliz en el Braive, digo. – Y tu madre está triste, dice Jeannette. – ¡Mi madre triste! De nuevo muestro dientes aviesos, podía haberlo acompañado en vez de hacer incinerar a sus padres para llenar el panteón familiar. ¿Quién la obligaba? – Eres un monstruo Ernest. – Eso no es una novedad, digo. A Jeannette le gustaría enterrarme con ella para que los paseantes vieran nuestros dos nombres, Jeannette Blot y su abnegado marido, bien juntitos en la piedra. Le gustaría borrar para siempre las vejaciones de nuestra vida conyugal. Tiempo atrás, cuando yo dormía fuera de casa, arrugaba mi pijama antes de que llegara la asistenta. Mi mujer cuenta con la tumba para ganar la partida a las malas lenguas. Quiere seguir siendo una pequeñoburguesa hasta en la muerte. La lluvia ametralla los cristales. Cuando volvía de Bréhau-Monge, en Lamballe, donde estaba mi internado, soplaba el viento nocturno. Pegaba la nariz a los hilillos de agua. Había una frase de Renan: «Cuando suena la campana a las cinco...» ¿En qué libro? Me gustaría releerlo. Jeannette ha dejado de enredar con el paño. Su mirada se pierde a lo lejos hacia el día brumoso. De joven, tenía cierto aire descarado. Se parecía a la actriz Suzy Delair. El tiempo modifica también el alma de los rostros. Digo, ¿ni siquiera podré tomarme un café? Jeannette se encoge de hombros. Me pregunto qué día me espera. Antes no prestaba atención a esa vertiginosa espiral del día y de la noche, ignoraba si era mañana, noche o sabe Dios qué. Acudía al ministerio, al banco, buscaba líos de faldas, jamás me inquietaban las posibles consecuencias. A veces aún busco algún lío, pero a partir de cierta edad cansan los preliminares. También podemos hacernos incinerar sin esparcir las cenizas, dice Jeannette. No le presto atención. Vuelvo a mi falsa actividad cibernética. No me importa iniciar un nuevo aprendizaje, pero ¿con qué objeto? Para estimular mis células cerebrales, dice mi hija. ¿Cambiará eso mi visión del mundo? Bastante polen y porquería hay en el aire como para encima añadirle residuos de muertos, no merece la pena, dice Jeannette. Pues ya se lo pediré a alguien, digo. A Odile o a Robert. O a Jean, pero me temo que ese idiota pase a mejor vida antes que yo. No lo vi muy católico el martes pasado. Echadme al Braive. Me reuniré con mi padre. Pero, eso sí, que no me endosen ceremonias, servicios fúnebres y demás sandeces, ni discursos beatos y empalagosos. A lo mejor me muero yo antes que tú, dice Jeannette. – Qué va, tú estás fuerte. – Si me muero antes que tú Ernest, quiero que se celebre una ceremonia religiosa y que tú cuentes cómo me pediste en matrimonio en Roquebrune. Pobre Jeannette. En una época que ya no es más que una nebulosa, pedí su mano a través de la mirilla de un calabozo medieval donde la había encerrado. Si supiera que Roquebrune ya no significa absolutamente nada para mí. Que aquel pasado se ha disuelto y volatilizado. Dos seres viven juntos y aun así su imaginación los aleja de modo cada vez más definitivo. Las mujeres construyen palacios encantados en su interior. Uno permanece momificado allí sin enterarse. Ningún descarrío, ninguna falta de escrúpulos, ninguna crueldad son considerados reales. Llegado el momento de la eternidad, tendremos que contar una historia de jovencitos. Todo es malentendido, y embotamiento. – No cuentes con ello Jeannette. Afortunadamente desapareceré antes que tú. Y tú asistirás a mi cremación. Tranquila que ya no huele a cerdo asado como antes. Jeannette empuja la silla y se levanta. Arroja el paño sobre la mesa. Apaga el gas donde se consume el agua de mis huevos y desenchufa la tostadora. Al salir me espeta, menos mal que tu padre no eligió que lo cortaran en pedazos, porque tú querrías que te hicieran lo mismo. Creo que ha apagado también la lámpara del techo. El día no dispensa ninguna luz y hallo sosiego en la penumbra. Saco del bolsillo un paquete de Gauloises. Prometí al doctor Ayoun que dejaría de fumar. Al igual que le prometí tomar ensalada y bistecs a la plancha. Es simpático ese Ayoun. Por uno no me moriré. Mis ojos se topan con la red de madera para gambas, colgada desde hace años en la pared. Tiene cincuenta años, alguien la hundía en las algas y en las grietas. Tiempo atrás, Jeannette metía manojos de tomillo, laurel y toda suerte de hierbas en la red. Los objetos se amontonan sin la menor utilidad. Como nosotros. Oigo la lluvia, que ha bajado un tono. El viento también. Inclino la tapa del ordenador. Todo cuanto tenemos ante los ojos ha periclitado. No estoy triste. Las cosas están llamadas a desaparecer. Me iré sin dejar rastro. No encontrarán ataúd, ni huesos. Todo seguirá como siempre. Todo partirá alegremente en el agua.

PHILIP CHEMLA

Me gustaría sufrir de amor. La otra noche, en el teatro, oí esta frase: «La tristeza tras mantener relaciones íntimas nos resulta familiar. [...] Sí, ésa sabemos afrontarla.» Aparece en *Los días felices* de Beckett. Oh los días felices de tristeza que no conozco. No sueño con unión, idilio, no sueño con ninguna felicidad sentimental más o menos duradera, no, me gustaría conocer cierta forma de tristeza. La adivino. Quizá la he experimentado. Una impresión a medio camino entre la ausencia y el desconsuelo de la infancia. Me gustaría toparme, entre los cientos de cuerpos que deseo, con el que poseyera el don de lastimarme. Aun de lejos, aun ausente, aun yacente en una cama, dándome la espalda. Toparme con el amante provisto de una hoja de cuchillo indiscernible que arañe. Es la rúbrica del amor, lo sé por los libros que leía hace años antes de que la medicina me robase todo el tiempo. Entre mi hermano y yo nunca medió una palabra. Cuando yo tenía diez años, vino a mi cama. Él tenía cinco años más. La puerta estaba entreabierta. No acababa de entender lo que se proponía pero sabía que era algo prohibido. No recuerdo lo que hacíamos concretamente. Durante años. Caricias, frotamientos. Recuerdo el día en que se presentó, y el de mi primer orgasmo. Nada más. No estoy seguro de que nos besáramos, pero a juzgar por la importancia que eso cobró posteriormente en mi vida, debía de besarme. Conforme fue pasando el tiempo, y hasta su matrimonio, era yo quien lo solicitaba. Ni una palabra entre ambos. Aparte de *no* cuando yo me presentaba. Él decía que no, pero siempre cedía. Entre mi hermano y yo, sólo recuerdo los silencios. Ningún diálogo ni lenguaje que alimentara una vida imaginaria. Ninguna concomitancia entre sentimiento y sexo. Al fondo del jardín, estaba el garaje. Por un cristal roto, yo miraba la vida de la calle. Una noche me vio un basurero y me guiñó un ojo. La noche, la oscuridad, el hombre prohibido en su carro. Después, cuando ya era menos joven, salía en busca de basureros. Mi padre estaba suscrito a la revista *Vivante Afrique*. Tenía un hermano en Guinea. Fue mi primera revista porno. Cuerpos mate en el papel mate. Campesinos macizos, protectores, casi desnudos, que relucían en la página. Encima de la cama, tenía colgada a Nefertiti en la pared. Velaba como un icono intocable y oscuro. Antes de ir al internado, salía a ofrecerme a los árabes en las plazas. Decía, úsame. Un día, en una escalera, noté mientras nos desnudábamos que el tipo iba a robarme los cuartos. Le dije, ¿quieres dinero? Se fundió en mis brazos. Todo se volvió sencillo, casi tierno. Mi padre ignora todo un plano de mi vida. Es un hombre recto, apegado a la paternidad. Un judío auténtico y bueno. Pienso con frecuencia en él. Desde que pago me siento más libre. Mi lugar es más legítimo, aunque ello me obligue a restablecer la relación de poder. Discuto con algunos chicos. Me preocupo por su vida, les muestro estima. En secreto, le digo a mi padre, sí que hay una pequeña anomalía, pero el camino principal es respetado. Los sábados por la noche o a veces entre semana, después de mis consultas, cuando no tengo reuniones, voy al Bois de Boulogne, a los cines, a las zonas donde hay muchachos que me gustan. Les digo, me gustan las pollas grandes. Exijo verla. La sacan. Empinada o no. Desde hace algún tiempo, cuando elijo a uno, quiero saber si abofetea. (No pago más por una bofetada. La bofetada no debe entrar en la negociación.) Antes, hacía la pregunta durante el trayecto. Ahora pregunto antes. Es una pregunta inacabada. La de verdad sería ésta: ¿abofeteas? E inmediatamente después, ¿consuelas? No puede hacerse. Tampoco puede decirse, consuélame. Lo máximo a lo que puedo llegar es, acaríciame la cara. No me atrevería a decir más. Hay palabras que ahí no tienen cabida. Es un imperativo extraño, *consuélame*. Entre todos los demás imperativos, lámeme, abofetéame, bésame, méteme la lengua (muchos no lo hacen), no cabe imaginar consuélame. Lo que deseo de verdad no puede formularse. Ser golpeado en la cara, ofrecer la cara a los golpes, ofrendar mis labios, mis dientes, mis ojos, y de repente ser acariciado, cuando menos me lo espere, y de nuevo golpeado a buen ritmo, en la cadencia justa, y cuando me corra, que me abracen, que me lleven en brazos, que me cubran de besos. Esa perfección no existe, aunque tal vez sí en el amor que no conozco. Desde que pago y puedo ordenar los acontecimientos, he quedado devuelto a mí mismo. Hago lo que no puedo obtener en la vida real: me arrodillo, me someto. Hundo las rodillas en tierra. Retorno a la sumisión total. El dinero nos liga como cualquier otra atadura. El egipcio me cubrió la cara con las manos. Tomó mi rostro, pegó las palmas a mis mejillas. Mi madre hacía ese gesto cuando yo tenía otitis, quería atenuar el ardor de la fiebre con la mano. Si no, en la vida normal, se mostraba distante. El egipcio me lamió la boca. Desapareció en la noche como antes los basureros. Desde entonces lo busco. Recorro el paseo lateral, me interno en el bosque. No está. Si me esfuerzo, todavía percibo la humedad de sus labios en mis labios. Entonces se condensa vertiginosamente algo que ignoro. Jean Ehrenfried, un paciente por quien siento estima, me regaló las *Elegías de Duino* de Rilke. Me dijo, poesía doctor, quizá tenga usted tiempo. Abrió el libro ante mí y me leyó las primeras palabras (de pasada advertí que su tono de voz había menguado desde la última vez), «¿Quién, si yo gritara, me escucharía desde las jerarquías de los ángeles?».[1] Es un librito. Lo tengo al lado de la cama. He releído la frase pensando en la voz mermada de Ehrenfried, en sus corbatas de lunares y sus pañuelos de fantasía conjuntados. La poesía me espera bajo la lámpara desde hace semanas. Me levanto a las seis y media todas las mañanas. Atiendo a mi primer paciente una hora después. Puedo atender a unos treinta a lo largo del día. Imparto clases, escribo artículos en las revistas internacionales de oncología y de radioterapia, participo en una quincena de congresos cada año. No me queda tiempo para contemplar en perspectiva la existencia. En ocasiones unos amigos me llevan al teatro. He visto *Los días felices* hace poco. Una pequeña sombrilla bajo un sol abrasador. El cuerpo que se

---

1. Traducción de Eustaquio Barjau, Cátedra, Madrid, 2001. *(N. del T.)*

hunde poco a poco, aspirado por la tierra, el ser que quiere perdurar *con el ánimo sereno* y goza de minúsculas sorpresas. Conozco eso. Lo admiro a diario. Pero no estoy seguro de querer oír otras palabras. Los poetas no poseen la noción del tiempo. Son gente que te arrastra a melancolías inútiles. No le pedí el teléfono al egipcio. Por lo general, no lo pido. ¿Con qué objeto? Alguna vez he anotado números. No el suyo. Dejó en una parte de mí mismo una huella que me resulta imposible definir. Puede que tenga que ver con ese genio malévolo de Beckett. No es al egipcio a quien busco en el bosque, tras la valla de Passy. Incluso lo he buscado en las cabinas, donde nunca lo había visto. Es un olor de tristeza. Algo impalpable, más profundo de lo que podemos calibrar, y que nada tiene que ver con la realidad. Mi vida es bella. Hago lo que me gusta. Por las mañanas me levanto como un clavo. He descubierto que soy fuerte. Quiero decir capaz de decidir, de asumir riesgos. Los pacientes tienen mi móvil, pueden llamarme a cualquier hora. Les debo mucho. Quiero estar a su altura (por ese mismo motivo quiero estar al día, practicar una oncología distinta de la clínica). Hace tiempo que sé que existe la muerte. Antes de dedicarme a la medicina, tenía ya el reloj en la cabeza. No le echo en cara nada a mi hermano. Ignoro el lugar exacto que ocupa en mi vida. La complejidad humana no se reduce a ningún principio de causalidad. Puede que de no ser por esos años de silencio me habría atrevido a afrontar el abismo de una relación que aunara sexo y amor. ¿Quién puede decirlo? Por lo general, pago después. Casi siempre. El otro tiene que confiar en mí, como una prueba de amistad. Al egipcio le pagué antes. Una casualidad. No se metió el billete en el bolsillo, lo conservó en la mano. El billete se hallaba en mi campo visual mientras se la chupaba. Me lo metió en la boca. Chupé la polla y el dinero. Me introdujo el billete en la boca y me cubrió la cara con la mano. Un juramento sin futuro que nadie sabrá nunca. De niño, podía darle a mi madre un guijarro o una castaña que me hubiera encontrado en el suelo. Le cantaba también pequeñas canciones. Ofrendas inútiles e inmortales a la par. A veces he convencido a alguno de mis enfermos de la única realidad del presente. El muchacho egipcio me metió el billete en la boca y me cubrió la cara con la mano. Acepté cuanto me dio, su pene, el dinero, el goce, la pena.

LOULA MORENO

Anders Breivik, el noruego que fusiló a sesenta y nueve personas y mató a ocho más con una bomba, dijo al tribunal de Oslo, «habitualmente soy una persona muy simpática». Cuando leí esa frase enseguida pensé en Darius Ardashir. Habitualmente, cuando no se esmera en destruirme, Darius Ardashir es muy simpático. Aparte de mí, de su propia mujer tal vez, y de las que tuvieron la desgracia de apegarse a él, nadie sabe que es un monstruo. La periodista que me entrevista esta mañana es el tipo de mujer que se toma el té con gestos cautelosos y toda una serie de pequeños rituales irritantes. Ayer, sobre las seis de la tarde, Darius Ardashir me dijo, te vuelvo a llamar dentro de un cuarto de hora. Mi móvil, sobre la mesa, no suena ni se enciende. Son las doce del mediodía. Durante la noche casi me he vuelto loca. Acaba de cumplir treinta años, dice la periodista, ¿tiene un deseo? – Tengo cien. – Uno cualquiera. Digo, interpretar a una monja. O que se me ondule el pelo. Respuestas desconcertantes. Pretendo dármelas de ingeniosa. No sé permanecer sencillamente a flor de tierra. – ¡Una monja! La periodista compone una sonrisa torcida que se supone confirma que yo sería la primera en ser elegida para ese papel. – ¿Por qué no? – ¿Cuál es su principal defecto? – Tengo mil. – El que le gustaría eliminar. – Mi mal gusto. – ¿Tiene usted mal gusto? ¿En qué terreno? Los hombres, digo. Lo lamento de inmediato. Siempre hablo demasiado. Una chiquilla limpia una mesa a nuestro lado. Pasa un trapo mojado por la madera encerada efectuando el correcto movimiento circular, desplaza la fosforera, coloca la carta de repostería en otra mesa, vuelve a dejar cada cosa en su sitio y se va. Desde donde estoy, la veo junto a la barra, pidiendo que se le asigne otra tarea. La camarera titular le entrega una bandeja en la que coloca unos cartones publicitarios doblados en forma de tienda de campaña y le señala unas mesas vacías. La pequeña se esmera en disponerlos junto a las macetas de violetas. Me encanta su seriedad. ¿Tiene usted un tipo de hombre?, pregunta la periodista. Los machos peligrosos e irracionales, me oigo contestar. Me reprimo soltando una risita, no escriba eso señora, hablo por hablar. – Qué lástima. – No me atraen los hombres guapos, impecables, tipo *Mad Men*, me gustan los machacadillos por la vida, que parecen de mal humor, que no hablan demasiado. Podría seguir largando pero estoy a punto de atragantarme con un hueso de aceituna. No escriba todo esto, digo. – Ya lo he escrito. – No lo publique, no tiene ningún interés. – Al contrario. – No me apetece hablar de mí en estos términos. – A los lectores les encantará, les hace usted un regalo. Se ajusta la falda bajo el culo y pide más agua caliente para su té. Yo me acabo las aceitunas y pido otra copa de vodka. Me dejo liar, no tengo autoridad sobre esta gente. La periodista me pregunta si estoy acatarrada. No, digo, ¿por qué? Dice que normalmente tengo la voz más grave. Dice que tengo tonalidades de alcoba. Me río tontamente. Cree darme gusto con esa expresión estúpida. El móvil, sobre la mesa, sigue sin dar señales de vida. Ninguna. Ninguna. La niña pasa tranquilamente entre los canapés, la barbilla bien erguida. – ¿De dónde le viene el nombre de Loula Moreno? No es el suyo auténtico, ¿verdad? – Viene de una canción de Charlie Odine... *«De vaines promesses sur des coins de table / Dans des lits d'imprésarios minables / Loula t'attends que l'grand jour arrive / Aux entrées des palaces que t'enjolives...»*[1] – ¿Llega el

1. «Vagas promesas en las esquinas de las mesas / en las camas de penosos empresarios / esperas Loula que llegue el gran día / en los halls de los hoteles que con tu presencia embelleces...» *(N. del T.)*

gran día? – ¿En la canción? No. – ¿Ha llegado para usted? – Tampoco. Me acabo el vodka y me río. Es maravilloso que tengamos la risa. Es como un comodín. Funciona en cualquier sentido. La chiquilla se va. Vuelve a ser una niña con un impermeable y una cartera. En el momento en que desaparece tras la puerta de madera acristalada, veo entrar a Darius Ardashir. Sé que suele venir por este bar. Lo cierto es que incluso he elegido este bar con la ínfima esperanza de verlo. Pero Darius Ardashir no viene con sus habituales conspiradores con trajes y corbatas oscuros (nunca he entendido a qué se dedica de verdad, es la clase de tipo cuyo nombre aparece un día involucrado con la política y al día siguiente con un grupo industrial o una venta de armas), viene con una mujer. Despacho la copa de un trago y me abraso la glotis. No estoy acostumbrada a beber. Sobre todo por las mañanas. La mujer es alta, de aire clásico con un moño rubio. Darius Ardashir la conduce hacia dos sillones angulares, al lado del piano. Tiene el pelo húmedo. Le ha posado la mano en la espalda. Yo no he oído la pregunta de la periodista. Digo, perdón, disculpe. Alzo el brazo hacia el camarero, pido otro vodka. Me despierta, le digo a la periodista, no he dormido mucho esta noche. Siempre tengo que justificarme. Es absurdo. Tengo treinta años, soy famosa, puedo hacer lo que me venga en gana.

Darius Ardashir intenta cerrar un pequeño paraguas estampado. Brega con las varillas sin la menor inteligencia. Acaba aplanándolas a la fuerza y
arrugando la tela de cualquier modo. La mujer se
ríe. Esa escena me mata. ¿Siente nostalgia de su
infancia?, dice la periodista. Por su manera de inclinarse hacia mí, como se hace con los sordos,
imagino que ya me ha hecho la pregunta por lo
menos una vez. Ah, no, en absoluto, digo, no me
gustaba la infancia, quería ser mayor. Ella vuelve
a inclinarse, dice algo que no oigo, cojo el móvil,
me levanto, digo, discúlpeme un segundo. Me
dirijo hacia los servicios lo más discretamente
posible. Oscilo un poco por culpa del vodka. Me
observo en el espejo. Estoy pálida, apruebo mis
ojeras. Soy una chica atractiva. Escribo en el móvil: «Te estoy viendo». Envío el mensaje a Darius
Ardashir. Hace unos días le dije que era su esclava
y que quería que me llevara atada con una correa.
Darius Ardashir me contestó que no le gustaba ir
cargado y que hasta un maletín le molestaba.
Vuelvo al local con precaución. No miro hacia el
piano. Cuando la periodista me ve volver, se le
ilumina el semblante de modo casi maternal.
¿Podemos continuar?, dice. Sí, digo. Me siento.
Ha tenido que recibir mi mensaje, Darius Ardashir vive colgado del teléfono. Me echo hacia
atrás, estiro mi cuello de cisne. Sobre todo no
debo mirar en su dirección. La periodista hurga

en sus notas y dice, en una ocasión dijo usted...
– Dios mío. – Dijo usted, los hombres son los
invitados del amor. – ¿Yo dije eso? – Sí. – No
está mal esa frase. – ¿Puede desarrollarla? Digo,
¿me abroncarán si fumo? – Me temo que sí. Se
ilumina el móvil. Darius Ardashir me contesta.
«Hola picaruela.» Me vuelvo. Darius Ardashir
está pidiendo bebidas. Lleva una chaqueta marrón y una camisa beige, la mujer rubia está enamorada de él, se nota a la legua. *Hola picaruela*
como si tal cosa. Darius Ardashir es el genio del
presente puro. La noche borra toda huella de la
víspera y las palabras rebotan ligeras como globos
de helio. Le escribo «¿Quién es?». Me arrepiento
al instante. Escribo «No, si me importa un pimiento». Pero lo borro, afortunadamente. La periodista suspira y se reclina contra el respaldo del sillón. Escribo «Teníamos que cenar juntos anoche.
¿¡No!?». Lo borro, lo borro. Los reproches hacen
que los hombres se larguen pitando. Al comien-
zo Darius Ardashir me decía, te amo con la cabeza, con el corazón y con el rabo. Le repetí la frase
a Rémi Grobe, mi mejor amigo, que dijo, un
poeta ese tío, tengo que probarla, con algunas ce-
porras tiene que funcionar. Conmigo funciona
de maravilla. No me apetece oír músicas demasiado sutiles. Le digo a la periodista, ¿de qué hablábamos? Mueve la cabeza, ya no lo sabe ni ella.
Me da vueltas la cabeza, pido un nuevo surtido

de frutos secos, sobre todo que haya anacardos. No voy a limitarme al *¿Quién es?* Es demasiado poco. Máxime porque él no contesta. Se me ocurre una buena idea. Escribo «Dile que sólo te gustan los comienzos». Es excelente. Lo envío. No, no lo envío. Hago algo mejor. Llamo de nuevo al camarero. Llega con las patatas chips y los anacardos. Le pido un papel. Le digo a la periodista, disculpe, quizá ha sido todo un poco inconexo esta mañana. Alza una mano cansina en señal de total abatimiento. No tengo tiempo de que me importunen. El camarero me trae una hoja grande de papel de máquina. Le pido que se espere. Escribo una frase en la parte superior de la hoja y la doblo con cuidado. Le pido al camarero que se la entregue discretamente al hombre de la chaqueta marrón sentado junto al piano, sin decirle su procedencia. El camarero dice con voz espantosamente clara, ¿el señor Ardashir? Se lo confirmo con un pestañeo. Se marcha. Me lanzo sobre la mezcla de pistachos y anacardos. Por nada del mundo debo mirar lo que sucede por la zona del piano. La periodista ha salido de su embotamiento. Se ha quitado las gafas y está metiéndolas en el estuche. Comienza también a ordenar su documentación. Todavía no es momento de dejarme tirada. Le digo, sabe usted, me siento vieja. No se siente una joven a los treinta años. Esta noche no podía dormir, he leído el diario de

Pavese. ¿Lo conoce? Lo tengo encima de la mesilla de noche, sienta bien leer cosas tristes. Hay una frase donde dice «los locos, los malditos, han sido niños, han jugado como tú, han creído que los esperaba algo hermoso». No lo escriba, pero hace tiempo que sé que seré una pura estrella fugaz en esta profesión. La periodista me mira con inquietud. Es amable la pobre. El camarero vuelve con la hoja doblada. Tiemblo. La sostengo un instante en la mano y acto seguido la desdoblo. Arriba está mi frase, «Dile que sólo te gustan los comienzos», abajo, Darius Ardashir ha escrito «No siempre». Nada más. Ni un punto. ¿A quién van dirigidas esas palabras? ¿A mí? ¿A la mujer?... Vuelvo la cabeza hacia el rincón del piano. A Darius Ardashir y a la mujer se les ve de muy buen humor. La periodista se inclina hacia mí y dice, la esperaba algo hermoso Loula.

RAOUL BARNÈCHE

Me he comido un rey de tréboles. No del
todo, pero casi. Soy un hombre que ha llegado al
extremo de meterse en la boca un rey de tréboles,
de hacer trizas una parte, de masticarlo como un
salvaje masticaría carne cruda y de tragármelo.
Lo he hecho. Me he comido un naipe sobado
por decenas de otros antes que yo, en pleno torneo de Juan-les-Pins. Únicamente reconozco una
cosa, el error de entrada. Jugar con Hélène. Haberme dejado atrapar por la musiquilla sentimental de las mujeres. Desde hace años sé que
no debo jugar en equipo con mi mujer Hélène.
Los tiempos en que podíamos hacerlo, con espíritu de armonía –la palabra es exagerada y no
existe en el bridge–, digamos de indulgencia, en
cualquier caso por mi parte, con un espíritu,
busco la palabra, de conciliación, pasaron hace
mucho. Un día ganamos juntos el campeonato
de Francia pareja mixta open, un afortunado

azar. Desde entonces, nuestra alianza no ha producido chispa alguna y me ha jorobado las coronarias. Hélène no sabía jugar al bridge cuando la conocí. Un amigo la llevó al café donde estábamos jugando una noche. Estudiaba secretariado. Se sentó a mirar. Después volvió. Yo se lo enseñé todo. Mi padre era obrero especialista en maquinaria en Renault y mi madre costurera. Hélène procedía del norte. Sus padres eran obreros del textil. Hoy en día todo eso se ha democratizado pero antes no había gente como nosotros en los clubs. Antes de que lo dejara todo por el juego, yo era ingeniero químico en Labinal. De día en Saint-Ouen, por las noches en Darcey, en la place Clichy, y después en los clubs. Los fines de semana en el hipódromo. La joven Hélène conmigo. No se puede contagiar la pasión por las cartas. En el cerebro hay una casilla aparte. Hay una casilla *cartas*. El que no la tiene no la tiene. Pueden tomarse todas las clases del mundo, no hay nada que hacer. Hélène la tenía. A pequeña distancia, jugaba dignamente. Las mujeres no pueden concentrarse en distancias largas. Después de trece años de jugar al bridge por separado, una buena mañana Hélène se despierta y sugiere que volvamos a jugar el torneo de Juan-les-Pins juntos. Juan-les-Pins, el cielo azul, el mar, el recuerdo de un mesón en Le Cannet, a saber qué imagen tenía ella en la cabeza. Yo hubiera debido decir que no y dije que sí como todo hombre que se hace viejo. El drama se produjo durante el decimoséptimo reparto. Norte-sur subasta cinco de picas. Yo salgo con el dos de diamantes, pequeño del muerto, as de Hélène, pequeño. Hélène juega su as de tréboles, norte pone pequeño, yo tengo tres tréboles de rey, pongo el nueve, pequeño del muerto. ¿Qué hace Hélène? ¿Qué hace una mujer a quien se lo enseñé todo y que se ha convertido supuestamente en una cabeza de serie? Vuelve a jugar diamantes. Yo había jugado el nueve de tréboles. ¡Y Hélène vuelve a jugar diamantes! Teníamos tres bazas aseguradas y sólo hicimos dos. Al final de la partida, exhibí mi rey de tréboles y grité, ¿qué hago con él ahora? ¿Me lo trago? ¿Tú quieres matarme Hélène? ¿Quieres que me dé un ataque en pleno palacio de congresos? Sacudí la carta ante sus narices y me la metí en la boca. Al tiempo que comenzaba a masticar, articulé, ¿verdad que has visto mi nueve de tréboles, imbécil? ¿Crees que he echado el nueve porque sí? Hélène se quedó petrificada. Los adversarios se quedaron petrificados. Eso me enardeció. Cuando uno come cartón enseguida le entran ganas de vomitar, pero yo lo ataqué a dentelladas, concentrándome en la masticación. Percibí un movimiento a nuestro alrededor, oí una risa, vi acercarse el rostro de mi amigo Yorgos Katos, antiguo jugador de la place Clichy. Yorgos dijo, qué coño haces Raoul, escupe esa mierda muchacho. Yo dije, con mucho esfuerzo, porque me había empeñado en engullir aquel rey de tréboles, ¿dónde ha metido ésa su bastón de ciego? ¿Eh? ¡Vamos, chata, saca el bastón de ciego! Yorgos dijo –bueno, eso creo–, no irás a ponerte así por un torneo, Raoul, un torneo de playa. Es la última frase que recuerdo. Oí llamar al árbitro, la mesa se bamboleó, Hélène se levantó, tendió los brazos, yo intenté alcanzar sus dedos, la vi oscilar en círculo con los demás por encima de mi cabeza, sentí unos cuerpos pegados a mí, me entró una náusea, poté en el tapete, y eso fue todo. Me desperté en una habitación de color verde anís que no conocía y que resultó ser nuestra habitación del hotel. Tres personas hablaban en voz queda ante el umbral de la puerta. Yorgos, Hélène y un desconocido. Luego el desconocido se marchó. Yorgos miró hacia la cama y dijo, vuelve en sí. Yorgos tiene el pelo igual que Joseph Kessel. Una especie de melena leonina que gusta a las mujeres y que yo envidio. Hélène se abalanzó a mi cabecera, ¿cómo estás? Me acarició con cariño la frente. Yo dije, ¿qué pasa? – ¿No te acuerdas? Anoche te dio un pequeño ataque de nervios durante el torneo. Te zampaste un rey de tréboles, dijo Yorgos. ¿Que me zampé un rey de tréboles? Me incorporé, lo que me supuso un inmenso esfuerzo. Hélène me acomodó las almohadas. Le iluminaba la cara un rayo de sol, estaba tan guapa como siempre. Dije, Bilette tesoro. Ella me sonrió, el doctor te inyectó un calmante Rouli (nos llamamos Bilette y Rouli en la intimidad). Yorgos abrió la ventana. Se oyeron gritos de niños y la música de un tiovivo. De pronto me volvieron, no sé por qué, imágenes perdidas, el tiovivo vacío del balneario adonde íbamos cuando era pequeño, el organillo, el tiempo gris. Estábamos en el camping. Yo esperaba el final del día bajo el tejadillo de la cantina viendo dar vueltas a los animales. Me sobrevino una violenta tristeza. Pensé, ay Dios ¿qué me habrá dado ese médico loco? Os dejo, dijo Yorgos. Hoy mejor que te quedes en la cama. Ya pasearás mañana. Te sentará bien un poco de naturaleza y una pizca de brisa marina. Yorgos y yo nos conocimos en un bistró que hacía esquina con Batignolles. Teníamos veinte años. Cuando cerraba el Darcey, a las dos de la mañana, nos plantábamos en el Pont Cardinet. Nos pasamos la vida entera sin preocuparnos por la luz del día. Del club a la cama y de la cama al club. Jugamos a todos los juegos, al póquer, al backgammon, desplumamos a gran número de palomos en los reservados. Con el bridge disfrutamos, participamos en los grandes campeonatos internacionales. Yorgos era el último tipo que hubiera podido recomendarme la naturaleza y los paseos. Venía a ser como aconsejarme la tumba. Dije, ¿qué pasó? ¿Es grave? ¿No te acuerdas Rouli?, dijo Hélène. No del todo, dije. Buena suerte chata, dijo Yorgos. Besó a Hélène y se marchó. Hélène me trajo un vaso de agua. Dijo, te enfadaste al final de un reparto. – ¿Por qué no estamos en el torneo? – Nos han largado. No sé por qué esas musiquillas de feria y esos organillos te dejan la cabeza hecha un bombo. Dije, cierra la ventana Bilette, y las cortinas también, voy a dormir un rato más. Al día siguiente, hacia el mediodía, me desperté de verdad en el momento en que Hélène volvía con paquetes y un nuevo sombrero de paja rosa. Me encontró buena cara. Ella misma parecía encantada de sus compras, dijo, ¿qué te parece, no es muy grande? También había uno con cintas lisas. Puedo cambiarlo, de todas formas tenemos que volver para comprarte uno a ti. Dije, un sombrero de paja como los viejos, sí hombre, ¿y qué más? Hélène dijo, el sol pega, encima no querrás coger una insolación. Una hora después, estaba sentado en la terraza de un café del casco antiguo, con gafas nuevas y un sombrero de paja trenzada. Hélène había comprado una guía turística y se entusiasmaba en cada página. Entretanto, yo subrayaba discretamente unos caballos que me gustaban en *Paris Turf* (Hélène me había permitido comprarlo pero no consultarlo). Ella volvió a poner el asunto sobre el tapete. De repente dijo, no me hizo mucha gracia que me llamaras imbécil delante de todo el mundo. – ¿Que yo te llamé imbécil, Bilette, cariño? – Delante de todo el mundo. Hizo un pequeño mohín de niña ofendida. Eso no está nada bien, dije. – Y lo del bastón de ciego fue realmente odioso, no se le puede decir a tu mujer, vamos, chata, saca el bastón de ciego, delante de quinientas personas. – Delante de quinientas personas, exageras un poco. – Todo el mundo lo sabe. – No era yo Bilette, bien te darías cuenta. – Pero no deja de ser inquietante que te comieras esa carta. Me encogí de hombros y arqueé el cuello como lo haría un hombre avergonzado. Hacía calor. Delante de nosotros desfilaba gente con ropas holgadas y bolsos de tela, niños que comían helados y jovencitas cubiertas de colgantes. No se me ocurría nada que decirle a Hélène. Miraba pasar a aquel mundo abigarrado y lúgubre. Hélène dijo, ¿por qué no vamos a visitar el Fort Carré? ¿O el museo arqueológico, si no? – De acuerdo. ¿Cuál de los dos?, dijo Hélène. – El que tú prefieras. – Quizá el museo arqueológico. Están los objetos que encontraron en los barcos griegos y fenicios. Jarrones, joyas. – Estupendo. Al pasar por una calle próxima, vi un bar en el que daban carreras en directo. Dije, Bilette, ¿y si nos separamos durante una horita? Si entras en ese bar, me vuelvo ahora mismo a París, dijo Hélène. Cogió el *Paris*

Turf que yo me había metido en el bolsillo y comenzó a sacudirlo en todas direcciones. – ¿De qué sirve estar casados si no hacemos nada juntos? ¿De qué sirve? – Me aburren los fenicios, Bilette. – Si te aburren los fenicios, no habernos fastidiado el torneo. – No fui yo quien fastidió el torneo. – ¿Que no fuiste tú? ¿No fuiste tú quien enloqueció, quien me insultó y quien vomitó? – Fui yo. Pero no sin motivo. Nos habíamos apeado a la calzada y un coche nos soltó un violento bocinazo. Hélène golpeó el capó con el periódico. El tipo la insultó por la ventanilla, ella gritó, ¡calla la boca! Quise cogerla del brazo para que subiera a la acera pero me lo impidió. – Echaste un dos de diamantes Raoul, pensé que tenías un triunfo en diamantes. – Si necesito que tú juegues también diamantes, echo el dos de tréboles. – ¿Cómo sé yo que tú tienes rey en tercera? – No lo sabes, pero si ves que yo echo el nueve, tienes que entender que es una señal. Si tu pareja echa un nueve, ¿cómo se llama eso Hélène? Una señal. – Lo interpreté mal. – No es que lo interpretaras mal, lo que pasa es que no miras las cartas, hace años que no miras las cartas. – ¿Cómo lo sabes, si no juegas conmigo? – ¡Toma, claro! Se había formado un pequeño tropel de gente a nuestro alrededor. El sombrero de paja rosa de Hélène era demasiado ancho (en ese punto tenía razón) y yo me sentía un tanto ridículo con el mío. A Hélène se le habían humedecido los ojos y comenzaba a enrojecérsele la nariz. Observé que al parecer se había comprado unos pendientes de tipo provenzal. De repente me invadió una ola de ternura hacia aquella mujercita de mi vida y dije, perdóname Bilette, me irrito por cualquier cosa, ven, vamos a tu museo, me sentará bien ver ánforas y todas esas cosas. Mientras me la llevaba (no sin hacer un pequeño gesto de despedida a los curiosos), Hélène dijo, de verdad Rouli, si te aburren las piedras antiguas, podemos ir a otro sitio. No me aburren en absoluto, y mira lo que hago. Con un gesto solemne, le cogí el *Paris Turf* y lo arrojé a una papelera. Mientras caminábamos por las calles atestadas cogidos por la cintura, dije, y luego nos daremos una vuelta por el casino. Abre a las seis. Si no te apetece quedarte conmigo en el black-jack, siempre puedes jugar a la boule, cielo mío.

VIRGINIE DÉRUELLE

Ya en la escalera, oí cantar a Édith Piaf a grito pelado. No sé cómo aguantan ese volumen las demás internas. No me gustan nada esas voces de miseria y ese modo de arrastrar guturalmente las erres. Me agrede. Mi tía abuela está en una residencia para ancianos. Más que en una residencia en una habitación porque no sale casi, y yo en su lugar haría lo mismo. Hace labores de patchwork con ganchillo; colchas, fundas de almohada o cuadrados que no sirven para nada. En realidad, nada tiene utilidad alguna, porque las labores de mi tía son nidos de polvo horrorosos y pasados de moda. Las aceptamos fingiendo estar contentos y al llegar a casa las metemos en el fondo de un armario. Nadie se atreve a tirarlas por superstición, sin que haya modo de encontrar a quien regalárselas. Recientemente, le han regalado un lector de CD que puede utilizar fácilmente. Le encanta Tino Rossi. Pero también escucha a Édith Piaf y algunas canciones de Yves Montand. Cuando he entrado en su habitación, mi tía estaba intentando regar un cactus inundando la mesita mientras Piaf vociferaba *«J'irais jusqu'au bout du monde / Je me ferais teindre en blonde / Si tu me le demandais...».*[1] Enseguida he bajado el volumen y he dicho, Marie-Paule, el cactus no necesita mucha agua. Éste no, ha dicho mi tía abuela, a éste le gusta el agua, ¿has quitado tú el *Hymne à l'amour?* No lo he quitado, he bajado el sonido. ¿Cómo estás cariño? Caramba ¿no te rompes la crisma con esos zapatos?, ¡estás altísima por Dios! – Eres tú que te encoges Marie-Paule. – Pues menos mal que me encojo, ya ves dónde vivo. *«Je renierais ma patrie / Je renierais mes amis / Si tu me le demandais...»*[2] Apago la música. Digo, me pone de los nervios. ¿Quién?, dice mi tía, ¿Cora Vaucaire? – No es Cora Vaucaire, Marie-Paule, es Édith Piaf. Nada de eso, es Cora Vaucaire. El *Hymne à l'amour* es de Cora Vaucaire, todavía conservo mi sano juicio, dice mi tía. Bueno, como quieras. Pero lo que me pone de los nervios es la canción, no puedo con las canciones de amor, digo. Cuanto más conocidas, más tontas son. Si fuera la reina del

---

1. «Iría hasta el fin del mundo / me teñiría de rubia / si tú me lo pidieras...» *(N. del T.)*

2. Renegaría de mi patria / renegaría de mis amigos / si tú me lo pidieras...» *(N. del T.)*

mundo, las prohibiría. Mi tía se encoge de hombros. No se sabe lo que os gusta a los jóvenes de hoy en día. ¿Quieres zumo de naranja Virginie? Me señala una botella ya empezada, abierta hace mil años. Declino el ofrecimiento y digo, a los jóvenes de hoy en día les encantan las canciones de amor. Todos los cantantes las componen, sólo a mí me ponen de los nervios. Cambiarás de opinión el día en que conozcas a un chico que te guste, dice mi tía. Ha conseguido irritarme en treinta segundos. Tan rápidamente como mi madre. Debe de ser un rasgo de las mujeres de mi familia. Sobre su mesa de cabecera hay una foto enmarcada de su marido fumando en pipa. Un día me mostró el cajón de la cómoda enteramente dedicado a él. Conserva todas sus cartas, sus mensajes, sus regalitos. No tengo un recuerdo nítido de mi tío abuelo, era muy pequeña cuando murió. Me siento. Me dejo caer en la gran butaca blanda que ocupa demasiado espacio. Es triste esta habitación. Hay demasiadas cosas, demasiados muebles. Saco del bolso los ovillos de algodón que encargó. Corre a guardarlos en un cesto al pie de la cama. Se sienta en la otra butaca. Bueno, pues cuéntame cosas, dice. Cuando está lúcida, no entiendo qué hace sola aquí, en esta cárcel, lejos de todo. Alguna vez, por teléfono, me da la impresión de que acaba de llorar. Pero desde la explosión de la fuente de arroz, sé que mi tía cada vez está menos en su sano juicio como dice ella. La última vez que mis padres y yo fuimos a su casa, mi tía había colocado una fuente de vidrio llena de arroz hervido de la víspera en una placa encendida desde dos horas antes de la cena. Por más que se calentaba, el arroz seguía frío en la superficie. Mi tía acababa de removerlo con una espátula, es decir, de esparcirlo por la encimera. Imposible aconsejarle o incluso entrar en la cocina. En un momento dado la sorprendimos por el resquicio de la puerta, con los brazos sumergidos en el arroz como si estuviera enjabonando a un perro sarnoso. A las ocho, la fuente explotó, sembrando la cocina de granos y de fragmentos de vidrio. A raíz de ese incidente mis padres decidieron internarla en una residencia. Digo, ¿te gustaba que Raymond fumara en pipa? ¿Fumaba en pipa? En la foto sale fumando en pipa. – Bueno, de vez en cuando le gustaba darse tono. Y, además, yo no lo controlaba todo, sabes. ¿Y tú cuándo te casarás pequeña? Digo, tengo veinticinco años Marie-Paule, me sobra tiempo. Dice, ¿quieres zumo de naranja? – No gracias. Pregunto, ¿os erais fieles? Se ríe. Alza los ojos al cielo y dice, un representante de peletería, ya ves, ¡me importaba un pimiento, como puedes comprender! Hay personas cuya cara de jóvenes ya no puedes imaginar. Se ha borrado con los años. Con otras ocurre lo contrario, parece que se iluminen como las de un crío. Lo veo en la clínica con los inválidos. Lo veo también con mi tía Marie-Paule. – ¿Hablaba mucho Raymond? Medita y dice, no, mucho no. Un hombre no necesita hablar mucho. Digo, tienes razón. Se enrolla un trozo de lana en los dedos, todavía estoy en mi sano juicio sabes. – Ya sé que estás en tu sano juicio, y por cierto vas a darme tu opinión sobre una cosa importante. Dice, de acuerdo. ¿Quieres un zumo de naranja? Digo, no gracias. Pues verás. ¿Te acuerdas de que soy secretaria en una clínica? – Eres secretaria en una clínica, sí, sí, sí. – Trabajo en una clínica con dos oncólogos. – Sí, sí, sí. – Y hay una paciente del doctor Chemla, de tu edad, que viene siempre acompañada de su hijo. Es simpático, dice mi tía. – Es muy simpático. Y más teniendo en cuenta que su madre es de lo más cargante. Es viejo, incluso puede que tenga unos cuarenta años. A mí me gustan los viejos. Me aburro con los chicos de mi edad. Un día coincidimos fumando un cigarrillo fuera. La verdad es que hacía tiempo que me había fijado en él. Te lo describo: moreno, no muy alto, se parece en menos guapo a ¿sabes el actor Joaquin Phoenix? Un español, dice mi tía. – Sí... bueno tanto da. Pues eso, fumamos bajo el tejadillo. Yo le sonrío. Él también me sonríe. Los dos allí fumando y sonriéndonos. Intento que me dure el cigarrillo pero me lo acabo antes que él. Como estoy en el trabajo y con la bata blanca, no puedo quedarme más tiempo. Le digo, hasta luego, y vuelvo a mi sótano. Conforme transcurren los meses y las consultas, intercambio algunas palabras con él. Combino las visitas, busco direcciones para realizar cuidados complementarios. Un día su madre me ofrece bombones, me dice, los ha elegido Vincent, en otra ocasión lo veo ante un ascensor que no llega y le indico que hay uno para el personal, bueno ese tipo de cosas. Los días en que veo escrito Zawada en la agenda (es su apellido), me llevo una alegría, me maquillo con esmero. ¿Quieres un vaso de zumo de naranja?, dice mi tía. – No gracias. Se llama Vincent Zawada. ¿No crees que es un nombre bonito? Ah pues sí, dice mi tía. – Ahora es como un sueño, vienen todas las semanas a la clínica porque a ella le están haciendo radioterapia. El lunes volvimos a vernos él y yo bajo el tejadillo, para fumar un cigarrillo. Ese día yo llegué después. Es como Raymond. Nada hablador. Mi tía opina. Me escucha juiciosamente, con las manos pegadas a las rodillas. De vez en cuando mira hacia fuera. Delante de su ventana se yerguen dos álamos que ocultan en parte los edificios de enfrente. Digo, me armo de valor y me atrevo a preguntarle a qué se dedica. Porque es un poco raro que un hombre esté libre todo el día. Mi tía dice, claro, claro. Sus ojos azul oscuro se abren como platos. Puede enhebrar un hilo en una aguja pequeña sin gafas. Digo, se dedica a la música. Es pianista y también compone. Al cabo de un rato, se acaba el cigarrillo. Y entonces, en vez de volver con su madre a la sala de espera, sin ningún motivo, porque hemos dejado de hablar, se queda allí. Me espera. No tiene ningún motivo para quedarse fuera, ¿no te parece? Mi tía sacude la cabeza. Porque además hace un día frío y feo. Nos quedamos ahí los dos como la primera vez, sonriéndonos. No se me ocurre nada que decirle. Me vuelvo tímida con ese hombre, y eso que yo soy más bien atrevida en general. Cuando me acabo el cigarrillo, él empuja la puerta vidriera para cederme el paso (lo que confirma que me había esperado), y me dice, tomemos su ascensor. Hubiéramos podido coger otro, o hubiera podido no decir nada, ¿no? Tomemos su ascensor es una forma de socializar, ¿no crees? Sí que lo creo, dice mi tía. En el ascensor, que es un montacamillas, muy hondo, se pone a mi lado, como si el ascensor fuera muy pequeño. Te lo juro Marie-Paule, le digo a mi tía, tampoco es que se me pegue pero, teniendo en cuenta la amplitud del ascensor, se pone realmente muy cerca. Por desgracia, el ascensor baja volando de la planta baja al sótano dos. Abajo, recorremos unos metros juntos, luego él se vuelve a la sala de espera y yo a la secretaría. No hubo nada, bueno nada concreto, pero cuando nos separamos, en la intersección de los pasillos, me dio la impresión de que nos despedíamos en el andén de una estación, después de un viaje secreto. ¿Crees que estoy enamorada Marie-Paule? – Desde luego, lo pareces, dice mi tía. – Ya sabes que yo nunca he estado enamorada. O a lo sumo durante dos horas. Mucho no son dos horas, dice mi tía. – ¿Y ahora qué hago? Si cuento con nuestros encuentros en la clínica, las cosas se van a estancar. Entre los pacientes, el teléfono y los informes de la consulta, no estoy nada disponible en la clínica. No, dice mi tía. – ¿Crees que le gusto? Está claro que le gusto, ¿no? Seguro que le gustas, dice mi tía, ¿es español? No te fíes de los españoles. – ¡Que no es español! – Ah bueno, pues mejor. Mi tía se levanta y se acerca a la ventana. Los árboles se mueven con el viento. Se mecen a la vez, las ramas y las hojas se encrespan en las mismas direcciones. Mi tía dice, mira mis álamos. Mira cómo se divierten. Ya ves dónde me han metido. Menos mal que tengo ahí a mis dos muchachos. Me llenan el antepecho de la ventana de semillas, ya sabes esa especie de oruguitas, atraen a los pájaros. ¿No quieres un zumo de naranja? No gracias, Marie-Paule. Tengo que marcharme, digo. Mi tía se levanta y hurga en el cesto de las lanas. Dice, ¿podrías traerme un ovillo de hilo Diana-Noel, verde, como éste? Claro, digo. La estrecho en mis brazos. Es minúscula mi Marie-Paule. Me rompe el corazón dejarla aquí sola. En la escalera, vuelvo a oír a Édith Piaf. Me parece oír cantar a alguien con ella. Subo unos escalones y distingo, en medio de una música arrebatadora, la voz frágil de mi tía: *«C'est inouï, quand même / T'en fais jamais trop / T'es l'homme, t'es l'homme, t'es l'homme / T'es l'homme qu'il me faut.»*[1]

1. «Sin embargo es increíble / nunca haces demasiado / eres el hombre, eres el hombre, eres el hombre, / eres el hombre que necesito.» *(N. del T.)*

¿Quién se supondrá que soy?, le pregunté. – Un colaborador. – ¿Un colaborador? No soy abogado. Un periodista, dijo Odile. – ¿Como tu marido? – ¿Por qué no? – ¿De qué periódico? – Uno serio. *Les Échos*. Nadie lee eso allí. Al llegar a Wandermines, Odile quiso que aparcara en una calleja que queda detrás de la plaza de la iglesia. Está lloviendo, dije. – No quiero llegar en un BMW. – Al revés, llegas en el mismo coche que el abogado del jefe, es perfecto. Odile dudó. Se había puesto mona, tacones más altos que de costumbre, peinado a lo señora. Estás elegante, dije, eres la Parisina, ¿tú crees que les apetecerá ver aparecer a una izquierdista que los represente con zuecos? Bueno, dijo Odile. Creo que dijo bueno sobre todo por la lluvia. Aparqué en la plaza. Di la vuelta al coche con el paraguas. Ella salió. Bajita, embutida en su abrigo y con el fular enrollado en torno al cuello, un bolso serio y una cartera con dosieres. En ese momento comencé a experimentar un sentimiento, quiero decir un sentimiento de verdad. Al salir del coche, en Wandermines, bajo la lluvia. No se ha hablado lo suficiente de la influencia que ejercen los lugares en los afectos. Ciertas nostalgias emergen sin avisar. Los seres cambian de naturaleza, como en los cuentos. Ante la iglesia medio desaparecida en la niebla, las casas de ladrillo rojo, el tenderete de patatas fritas, vi a la gran abogada de las víctimas del amianto, una niña insegura que se reía —me encanta su risa— al reconocer a quienes la recibían. En medio de aquella cofradía endomingada que apretaba el paso hacia el ayuntamiento para escapar de la lluvia, mientras asía el brazo de Odile para ayudarla en la plaza resbaladiza, me sobrevino ese catastrófico sentimiento. Semejante tontería me sucedía por primera vez. Conozco a su marido y ella conoce a las mujeres que desfilan por mi vida. Nuestra relación se ha movido únicamente en el terreno del juego sexual. Pensé, has tenido un momento de debilidad muchacho, enseguida se te pasará. En la sala municipal, Odile habló delante de trescientas personas, los obreros y sus familias. Al finalizar su intervención, la aplaudió todo el mundo. La presidenta de la Asociación de Víctimas le dijo, has llenado tres autobuses para la mani del jueves. Odile me susurró al oído, lo mío era la política. Tenía la cara arrebolada, estuve a punto de decirle que la política requiere más sangre fría, pero no dije nada. Abandonamos la sala de la asamblea general para dirigirnos a otra sala donde se celebraba un banquete republicano. A las tres de la tarde seguíamos tomando el aperitivo con espumosos. Una mujer rechoncha de unos sesenta años vestida con una falda plisada dirigía el servicio. El equipo de sonido era el último grito en los ochenta. Entablé amistad con un ex vaciador, un tipo que tenía un cáncer de pleura. Me contó su vida, las placas onduladas troceadas, los tubos amolados, pulimentados con papel de lija sin protección. El almacén del amianto, el polvo. Me dijo, el amianto nos llegaba en bidones, jugábamos con él como si fuera nieve. Veía a Odile bailar el madison con unas viudas (lo de *madison* lo dijo ella, yo no tengo ni idea de baile), y una especie de tango con unos hombres con botellas de oxígeno. Una mujer le espetó, ¡llevas el pelo como un rastrillo Odile, deberías hacerte la permanente! Pensé, esto es vida de verdad, las mesas con caballetes, la fraternidad, el polvo y Odile Toscano bailando en un salón de actos. Pensé, a eso tenías que haberte dedicado Rémi, alcalde de Wandermines, en el Nord-Pas-de-Calais, con su iglesia, su fábrica y su cementerio. Trajeron gallo al vino guisado en grandes ollas. Mi amigo me dijo que en el cementerio había más muertos recientes que habitantes en el municipio. Dijo, luchamos. Pensé en la fuerza de la palabra. Dijo, cuando murió mi hermano, pedí que cantaran *Le Temps des cerises*. Tenía la cabeza a punto de estallar. Al finalizar el día, tomé yo el volante para salir pitando a Douai pero iba tan cocido como Odile. En la habitación, Odile se desplomó en la cama. Dijo, estoy hecha una piltrafa Rémi, no puedo llamar a mis hijos en este estado, ¿tienes una aspirina? – Tengo algo mejor. Cogí una botella de coñac en el minibar. Yo también estaba hecho una piltrafa y persistía el malestar. Su modo de tumbarse, de ponerse una almohada bajo la cabeza, de soplarse el trago de coñac. Su risa, su cara extenuada. Pensé, es mía. Mi pequeña letrada. Me tumbé encima de ella, la besé, la desnudé, hicimos el amor con resaca y la dosis de dolor era casi la justa. A eso de las diez de la noche, teníamos hambre. En el hotel nos indicaron un restaurante todavía abierto. Deambulamos por Douai hasta que lo encontramos. Recorrimos un río que se llama Scarpe, me dijo Odile, no sé por qué se me quedó ese nombre, me explicó otras cosas sobre los edificios, me mostró el palacio de justicia. Hacía viento y caía una suerte de llovizna húmeda, pero me gustaba la atmósfera opaca, el silencio, las farolas curiosas, estaba dispuesto a quedarme a vivir allí. Odile caminaba animosamente, con la nariz hinchada por el frío. Me apetecía tomarla por el talle, tenerla pegada a mí, pero me contuve. Nosotros no hacíamos ese tipo de tonterías. En el restaurante pedimos sopa de verduras y jamón con su hueso. Odile quiso té y yo cerveza. Me dijo, no deberías tomar alcohol. Yo dije, eres muy amable preocupándote por mí. Odile sonrió. Dije, me ha impresionado esa gente. Llevo una vida de gilipollas. No veo más que a gilipollas insulsos. Ella dijo, no todo el mundo tiene la suerte de vivir en una cuenca minera. – Tú también me impresionas. ¡Hombre, por fin!, dijo Odile e hizo un gesto para que yo desarrollase el concepto. – Eres una persona comprometida, solidaria, fuerte. Eres guapa. – ¿Rémi? ¿Hola? ¿Estás bien? – No, de verdad, luchas con ellos, por ellos. – Es mi trabajo. – Podrías hacerlo de otra manera. Mantenerte más distante. Los obreros te quieren. Odile se rió (ya he mencionado que me encantaba su risa). – ¡Los obreros me quieren! El pueblo me quiere, ya ves, debería dedicarme a la política. Y tú, esta noche, vas a dormir muy bien pobrecito mío. – No deberías reírte. Hablo en serio. Cómo has bailado, has quitado la mesa, las palabras de aliento que has pronunciado, hoy has encantado a todos. – ¿No me has visto un poco amondongada con este pantalón? – No. – ¿Crees que llevo el pelo como un rastrillo? – Sí. Pero me gusta más que ese casquito de esta mañana. De pronto pensé, mañana estaremos en París. Mañana por la noche Odile estará en su casa, en la placentera celda, con hijos y marido. Yo, el diablo sabe dónde. Habitualmente no tiene importancia pero, habida cuenta de que las cosas han tomado un giro anormal, pensé, cúrate en salud muchacho. Me saqué el móvil del bolsillo, le dije a Odile, disculpa, y busqué a Loula Moreno. Es guapa, divertida, desesperada. Exactamente lo que necesito. Escribí «¿Libre mañana por la noche?». Odile soplaba en la sopa. Me invadió una suerte de pánico. Una angustia de abandono. De niño, mis padres me dejaban con otros. Permanecía inmóvil en la oscuridad y me hacía cada vez más pequeño. Se encendió el móvil y leí «Libre mañana por la noche ángel mío, pero tendrás que venir a Klosterneuburg». Recordé que Loula estaba rodando una película en Austria. ¿Y ahora a quién? ¿Todo bien?, me preguntó Odile. Muy bien, dije. – Pareces disgustado. – Un cliente que aplaza una cita, nada importante. Después adopté un aire indiferente y aventuré, ¿qué haces mañana por la noche? Celebramos los setenta años de mi madre, contestó Odile. – ¿En casa? – No, en casa de mis padres, en Boulogne. Le sienta bien recibir a gente. Salir a comprar, guisar para todo el mundo. Me da miedo que mis padres se hundan en la melancolía. – ¿No hacen nada? – Mi padre es inspector de Hacienda, tuvo un despacho con Raymond Barre en Matignon, y luego dirigió la banca Wurmster. ¿Te suena el nombre de Ernest Blot? – Vagamente. – Tuvo que dejarlo todo por un problema cardiaco. Ahora preside el consejo de administración pero es un cargo honorífico, hace un poco de vida social, le da vueltas a lo mismo. Mi madre, nada. Se siente sola. Mi padre es odioso. Tendrían que haberse separado hace tiempo. Odile se ha acabado el té, saca la rodaja de limón del fondo de la taza y le quita la piel. Uno de los efectos del deterioro sentimental es que ya nada fluye. Todo se transforma en signo, todo hay que descifrarlo. Cometí la locura de imaginar que aquellas últimas palabras contenían un mensaje y dije, ¿habéis pensado ya en separaros, tu marido y tú? Inmediatamente me cubrí la cara con las manos y dije, me trae sin cuidado, olvida la frase, me trae totalmente sin cuidado. Cuando aparté las manos, Odile dijo, él debe de pensarlo a diario, soy inaguantable. Yo dije, estoy seguro. Robert también es inaguantable, pero sabe recuperarme, dijo ella comiéndose el limón. No me gustó que utilizara la misma palabra que no significa nada para los dos, no me gustó que dijera Robert, la irrupción de la palabra Robert en la conversación. Me irritó que dejara entrever su vida, que me importa un pepino, con tal futilidad. Es una estupidez pensar que el sentimiento acerca, por el contrario, consagra la distancia entre las personas. Durante el día, en plena efervescencia, bajo la lluvia, en el estrado con su micro, en el coche, en la habitación con las cortinas corridas, Odile había parecido al alcance de la cara, al alcance de las caricias. Pero en aquel restaurante tétrico, casi vacío, en el que me puse, sin querer, a espiar el menor de sus gestos, la tonalidad de cada palabra, con atención febril, se zafó, se desvaneció en el mundo en el que yo no entro. Dije, me pegaría un tiro a los dos días si tuviera que vivir aquí. Odile se rió (con una risa que me pareció amarga y convencional). – Hace diez minutos asegurabas lo contrario. Te entusiasmaba Douai. – He cambiado de opinión. Me pegaría un tiro. Odile se encogió de hombros. Mojó un trozo de pan en los restos de sopa reblandecida. Me dio la impresión de que se hallaba al borde del aburrimiento. Yo mismo me sentí al borde del aburrimiento, invadido por la melancolía de los amantes cuando ya no sucede nada al margen de la cama. No se me ocurría nada que decir. Oí la lluvia que volvía y batía la ventana. Odile puso cara de consternación y dijo, ¡no hemos cogido el paraguas! Pensé en el vaciador que se reía enseñando sus dientes totalmente ennegrecidos, en la organizadora con su falda plisada que la engordaba y, sabe Dios por qué, en mi padre, carrocero, en la porte de Pantin, chillando contra el ferrallista porque la cristalera del tejado dejaba filtrar el agua. Tuve la tentación de contárselo a Odile pero me duró medio segundo. Desplegué mi lista de contactos en el móvil y me tropecé con Yorgos Katos. Pensé, ya está, vete a perder la camisa al póquer muchacho. Escribí «¿Necesitáis un incauto en una mesa mañana por la noche? Billetes de mil que pulirse». ¿A quién le escribes?, dijo Odile. – A Yorgos Katos. ¿No te he hablado nunca de Yorgos? – Nunca. – Un amigo que se gana la vida con el juego. Un día, hace años, estaba jugando con Omar Sharif en un torneo de bridge. Sentía una nube de muchachas aglomeradas a su espalda. Pensó eso es que saben que juego mucho mejor que él. Ni por un segundo se le ocurrió que lo que querían era ver a Omar Sharif de frente. Odile dijo que estaba enamorada del príncipe de los desiertos de *Lawrence de Arabia*. Ella veía a Omar Sharif enfundado en un turbante a lomos de un caballo negro, y no encogido ante una mesa de bridge. Me pareció que tenía toda la razón. Me sentía ligero de nuevo. Todo volvía al orden.

CHANTAL AUDOUIN

Un hombre es un hombre. No hay hombres casados, ni hombres prohibidos. Nada de eso existe (es lo que le expliqué al doctor Lorrain cuando me internaron). Cuando se conoce a alguien, tanto da su estado civil. Y su condición sentimental. Los sentimientos son cambiantes y mortales. Como todas las cosas de este mundo. Los animales mueren. Las plantas. De uno a otro año, los ríos no son los mismos. Nada dura. La gente quiere creer lo contrario. Se pasan la vida recomponiendo los pedazos y a eso lo llaman matrimonio, felicidad o yo qué sé. A mí me traen sin cuidado esas tonterías. Pruebo suerte con quien me da la gana. No me da miedo salir trasquilada. De todas formas, no tengo nada que perder. No seré guapa toda la vida. El espejo ya se muestra cada vez menos amistoso. Un día, la mujer de Jacques Ecoupaud, el ministro, mi amante, me llamó para que nos viéramos. Yo estaba aturullada. Probablemente había hurgado en las cosas de Jacques y había descubierto un intercambio de correos entre los dos. Al finalizar la conversación, dijo antes de colgar: «Espero que no le diga nada. Quiero que esto quede entre nosotras.» Inmediatamente llamé a Jacques y le dije, el miércoles he quedado con tu mujer. Jacques parecía estar ya al corriente. Suspiró. El suspiro del cobarde, que significaba, qué remedio, ya que hay que pasar por eso. Las parejas me repugnan. Su hipocresía. Su suficiencia. Hasta entonces no había podido hacer nada para sustraerme a la atracción que ejercía sobre mí Jacques Ecoupaud. Un seductor de señoras. Mi réplica en hombre. Con la salvedad de que él es secretario de Estado (aunque él siempre diga *ministro)*. Con todo el muestrario. Coche de cristales tintados, chófer y escolta. Siempre una mesa reservada en el restaurante. Yo partí de menos de cero. Ni siquiera tengo el bachillerato. Ascendí sin ayuda de nadie. Actualmente me encargo de organizar eventos. Me he hecho un nombrecillo, trabajo en el cine, en la política. Organicé un salón en Bercy para un Seminario nacional sobre los logros franceses de los autónomos (aún recuerdo el título; habíamos prendido banderas en los ramos). Allí conocí a Jacques. El secretario de Estado encargado de Turismo y Artesanado. Un nombre ridículo si bien se mira. El tipo de hombre sin cuello, recio, que entra en un sitio y pasea la mirada por la sala para comprobar si ha atraído todas las miradas. La sala estaba atestada de empresarios de provincias, llegados en plan señor a París con sus mujeres de punta en blanco. Durante el evento, un vicepresidente de una cámara de oficios pronunció un discurso. Jacques Ecoupaud se me acercó, yo estaba al fondo, junto a una ventana, y me dijo, ¿ve usted al tipo que acaba de hablar? Sí, dije. — ¿Ha visto su corbata de pajarita? — Sí. — Está un poco gordo, ¿no? Sí, es verdad, dije. Es de madera, dijo Jacques Ecoupaud. — ¿De madera? El tipo es artesano, hace armazones. Ha fabricado un nudo mariposa de madera, y le da brillo con Pliz, dijo Jacques. Me eché a reír y Jacques se rió con su risa medio seductora, medio campaña electoral. ¿Y el del maletín de terciopelo tipo James Bond? ¿Sabe cómo se llama? Frank Ravioli. Y vende comida para perros. Al día siguiente Jacques aparcaba su Citroën C5 delante de mi casa y pasábamos la primera parte de la noche juntos. Por lo general, con los hombres, llevo yo la batuta. Los enciendo, los camelo y me piro al amanecer. A veces me dejo atrapar en el juego. Me encariño un poco. Dura lo que dura. Hasta que me aburro. Jacques Ecoupaud me ganó por la mano. Sigo sin entender lo que me volvió tan dependiente de ese hombre. Un tipo sin cuello que me llega al hombro. Un camelista de pacotilla. Enseguida se presentó como un gran libertino. Del tipo, voy a encanallarte nena. Siempre me ha llamado nena. Tengo cincuenta y seis años, mido un metro setenta y seis, tengo un pecho a lo Anita Ekberg, me tocó el alma que me llamaran nena. Es una idiotez. Un gran libertino, imagínate. Sigo sin saber lo que quiere decir. Yo estaba dispuesta a vivir experiencias. Una noche se presentó en casa con una mujer. Una morena de unos cuarenta años que trabajaba en los albergues sociales. Se llamaba Corinne. Serví un aperitivo. Jacques se quitó la chaqueta y la corbata y se apoltronó en el sofá. La mujer y yo nos quedamos en los sillones hablando del tiempo y del barrio. Jacques dijo, poneos cómodas chatas. Nos desnudamos un poco pero no del todo. Corinne parecía experta en esa clase de situaciones. De esas chicas flemáticas que hacen lo que se les dice. Se quitó el sujetador y lo colgó de una maceta con un crisantemo. Jacques soltó una risotada. Llevábamos las dos el mismo tipo de ropa interior que supuestamente despierta a un muerto. Llegado un momento, Jacques abrió los brazos de forma simétrica y dijo, ¡venid! Nos colocamos una a cada lado y él cerró los brazos. Nos quedamos un rato así, sobándole el barrigón peludo, toqueteándole la bragueta, y de repente dijo, ¡acercaos, chicas! Todavía siento vergüenza al recordar esta frase. Vergüenza de la situación, de la luz cruda, de la falta total de imaginación y de dominación de Jacques. Esperaba al marqués de Sade y estaba con un tipo barrigón que decía, *venga, acercaos chicas*. Pero por aquella época yo lo disculpaba todo. Si los hombres querían reconocernos una única cualidad, era ésa. Los redimimos. Los enaltecemos en cuanto podemos. No queremos saber que el chófer es un ex aduanero, que el escolta es un paleto de la seguridad departamental de Cantal. Que el Citroën C5 es el peor de los coches oficiales. Que el gran libertino vino a encanallarnos sin traer una mala botella de champán. Thérèse Ecoupaud —es el nombre de la mujer de Jacques— me citó en un café de la Trinité. Me dijo, llevaré una chaqueta beige y estaré leyendo *Le Monde*. Un programa hilarante. Yo pedí hora para hacerme la manicura y teñirme el cabello la víspera. La peluquera me puso un rubio más dorado que de costumbre. Me pasé una hora eligiendo lo que iba a ponerme. Falda roja, jersey verde con cuello redondo, zapatos de tacón Gigi Dool. Y, para perfilar mi aparición, una pequeña gabardina de color piedra a la inglesa. Allí estaba ella. La vi enseguida. Desde la calle, tras el cristal. De mi edad, pero aparentaba diez años más. Maquillada aprisa y corriendo. Pelo corto mal cortado y raíces a la vista. Bufanda azul y chaqueta beige holgada. De inmediato pensé, se acabó. Jacques Ecoupaud, se acabó. Incluso estuve a punto de no entrar en el café. La visión de aquella mujer legítima y postergada resultó mucho más asesina que todas las decepciones, esperas, promesas no mantenidas, platos y velas dispuestos para nadie. Estaba sentada junto a la terraza, sin intentar esconderse, las gafas cabalgando en la punta de la nariz, absorta en la lectura del periódico. Una profesora de latín esperando a su alumna. Thérèse Ecoupaud no se había esforzado en lo más mínimo para presentarse ante la amante de su marido. ¿Qué hombre puede vivir con una mujer semejante? Las parejas me dan asco. Su acartonamiento, su connivencia retrógrada. Nada me gusta de esa estructura ambulante que atraviesa el tiempo en las barbas de los aislados. Las dos partes me inspiran desprecio y sólo aspiro a destruirlos. Aun así entré. Le tendí la mano. Dije, Chantal Audouin. Ella dijo, Thérèse Ecoupaud. Pedí un Bellini para tocarle las narices. Me desabroché la gabardina, sin quitármela, para que se diera cuenta de que no tenía mucho tiempo que dedicarle al evento. De inmediato me dio a entender que no la movía más sentimiento que la indiferencia. Apenas una mirada. Una rotación aplicada de la cucharilla sujeta entre los dedos pulgar e índice. Dijo, señora, mi marido le manda mails. Usted le contesta. Le hace declaraciones de amor. Usted se inflama. Cuando se aflige, él se disculpa. La consuela. Usted le perdona. Y así sucesivamente. El problema de esa correspondencia, señora, es que usted cree ser la única. Se ha creado un escenario en el que por una parte está usted, el reposo del guerrero, y por otra la esposa molesta y el sacerdocio nacional. Nunca se ha planteado que puedan existir otras aventuras al mismo tiempo. Pensaría usted que era la única a quien mi marido confiesa sus estados de ánimo, a quien escribe, por ejemplo, a las dos de la mañana, refiriéndose a sí mismo como Jacquot (pasaré por alto semejante simpleza), «Pobre Jacquot, solo en su habitación de Montauban, añorando tu piel, tus labios, tu...», el resto ya lo conoce. Exactamente el mismo para sus tres destinatarias. Esa noche eran tres las que recibieron ese mensaje. Usted, más ansiosa que las otras, contestó con efusión y, cómo diría yo, inocencia. He querido quedar con usted porque me ha parecido que estaba particularmente prendada de mi marido, dijo Thérèse Ecoupaud. Pensé que se alegraría de que la informase para que no se diera el batacazo, dijo esa mujer atroz. Le dije al doctor Lorrain, ¿no le parece normal, doctor, que quiera una matarse después de semejante escena? Lo mejor habría sido matarlo a él, claro. Aplaudo a las mujeres que se cargan a su amante, pero no todo el mundo posee el temperamento necesario. El doctor Lorrain me preguntó qué me parecía Jacques Ecoupaud ahora que me encontraba mejor. Un pobre mequetrefe, dije. Él alzó el brazo con su bata blanca y repitió como si yo acabara de dar con la clave para escapar de él, ¡un pobre mequetrefe! – Sí, doctor, un pobre mequetrefe. Pero los pobres mequetrefes pueden embaucar a las tontas, como puede comprobar. ¿Y de qué me sirve verlo ahora como un pobre mequetrefe? Ese pobre mequetrefe me degrada y no me hace ningún bien. ¿Quién le dice a usted que el corazón se libera ante la realidad? Igor Lorrain movió la cabeza poniendo cara de comprenderlo todo, y escribió no sé qué apreciación en mi historial. Al salir de su consulta, en la escalera de la clínica me crucé con mi paciente preferido. Un joven alto y moreno de bonitos ojos claros, siempre sonriente. Un quebequés. Me dijo, hola Chantal. Yo dije, hola Céline. Le dije que me llamaba Chantal y él me dijo que se llamaba Céline. Me parece que se cree que es la cantante Céline Dion. Pero puede que lo haga en broma. Lleva siempre una bufanda enrollada al cuello. Se le ve deambular por los pasillos o por los senderos del jardín cuando hace buen tiempo. Mueve los labios y pronuncia palabras ininteligibles. No mira a la gente a los ojos. Parece dirigirse a una flota lejana, a la que llama desde lo alto de una roca para atraer a los que llegan en lontananza, como en la mitología.

Darius se sentó en la inmensa silla ortopédica, en la que nadie puede encontrarse cómodo en mi opinión. Se sentó bien pegado al respaldo como un hombre derrotado. Alguien que hubiera entrado de pronto en la habitación no habría sabido decir quién daba más pena, si él en aquella postura, o yo, con vendas y gotero. Aguardé a que hablase. Al cabo de un rato, dijo, el cuello propulsado hacia delante por la almohadilla reposacabezas: Anita me ha dejado. Aunque echado, yo estaba más alto que él en mi cama articulada. El que Darius pudiera pronunciar esas palabras con aquella cara descompuesta me pareció que rozaba lo cómico. Máxime porque añadió, con voz apenas audible, se ha fugado con el paisajista. – ¿El paisajista? – Sí. El tipo que lleva tres años diseñando el jardín de mierda de Gassin. Y que me arruina con esas plantas subsaharianas que me asustan. Conocí a Darius bastante antes de que lo excluyeran del Troisième Cercle, uno de esos clubs cerrados donde trapichean los oligarcas tanto de derechas como de izquierdas, imbuidos de conformismo social y de sumisión devota al poder del dinero. Por entonces, dirigía varias sociedades, una de asesoramiento de ingeniería y otra de tarjetas con chip, si no me falla la memoria. Yo acababa de abandonar el departamento internacional de Safranz-Ulm Electric para ser nombrado presidente del directorio. Le cobré afecto a aquel hombre casi veinticinco años más joven que yo y que poseía el encanto de los orientales. Estaba casado con Anita, la hija de un Lord inglés con quien tuvo dos hijos más o menos fallidos. Darius Ardashir era un tipo de lo más listo. Se colaba en ese sistema de intercambio de favores, de enjuagues, de colocar peones en los consejos de administración, con desconcertante indolencia. Nunca con prisas, nunca humillado. Como con las mujeres. Acabó haciendo fortuna como intermediario en contratos internacionales. Se vio involucrado en asuntos de corrupción, uno de ellos referente a la venta de un sistema de vigilancia de fronteras en Nigeria, lo cual, entre paréntesis, le valió su expulsión del Troisième Cercle (bajo mi punto de vista, un club que expulsa a sus golfos la ha pringado). Algunas de las personas con las que trataba pasaron temporaditas en la cárcel pero él salió adelante sin daños aparentes. Siempre lo he conocido sorteando obstáculos y fiel a sus amigos. Cuando me atacó este jodido cáncer, Darius se portó conmigo como un hijo. Antes de iniciar nuestra conversación de fondo, pulsé todo tipo de botones para conseguir enderezar la parte trasera de mi cama. Darius contempló mis esfuerzos y la sucesión de posturas aberrantes, con la mirada apagada, sin moverse. Apareció una enfermera, a la que probablemente yo había llamado. – Pero ¿qué quiere usted hacer señor Ehrenfried? – ¡Sentarme! – Ahora mismo pasará el doctor Chemla. Él sabe que ya no tiene usted fiebre. – Dígale que estoy harto y que me deje salir mañana. La enfermera me arregló la cama y me arropó como a un niño. Pregunté a Darius si quería tomar algo. Declinó la invitación y la chica salió. Dije, bueno. ¿Lo del paisajista no será un acceso de locura momentáneo? – Quiere divorciarse. Dejé pasar un tiempo y dije, nunca le has hecho mucho caso a Anita. Me miró con estupor, como si acabara de soltar una barbaridad. – Ha tenido lo mejor del mundo. Eso sí, dije. – Se lo he dado todo. Dime algo que no haya tenido. Casas, joyas, criados. Viajes fantásticos. No recibirá nada, Jean. Todos mis bienes están a nombre de sociedades. La casa de Gassin, la rue de la Tour, los muebles, las obras de arte, nada está a mi nombre. Por mí, que les den. – La has engañado día y noche. – ¿Y eso qué tiene que ver? – No puedes reprocharle que se eche un amante. – Las mujeres no se echan amantes. Se encaprichan, se montan películas. Se vuelven totalmente locas. Un hombre necesita un lugar seguro para enfrentarse con el mundo. No puedes desplegar tu actividad si no tienes un punto fijo, un campamento de base. Lo de Anita es la casa. Es la familia. El que no te apetezca volver a casa no es porque te apetezca oxigenarte. Yo no me aferro a las mujeres. La única que cuenta es la siguiente. Esa gilipollas se acuesta con el jardinero y quiere irse con él. ¿Qué sentido tiene eso? Mientras escuchaba a Darius, veía desgranarse las gotas de la perfusión. Me parecían curiosamente irregulares, estaba a punto de llamar a la enfermera. Dije, ¿habrías aceptado que ella viviera como tú? – ¿O sea? – Que tuviera aventuras sin importancia. Sacudió la cabeza. Sacó un pañuelo blanco del bolsillo y lo desplegó cuidadosamente antes de sonarse. Pensé que ese gesto sólo era propio de ese tipo de hombre en concreto. No, dijo. Porque no responde a su modo de ser. A renglón seguido añadió con tono lúgubre, estuve en Londres estos dos últimos días —un viaje importante que Anita me fastidió de medio a medio—, a la vuelta, el TGV se detuvo unos minutos en lo alto de Francia, en una zona periférica. Delante mismo de mi ventanilla, había una casita, ladrillo rojo, tejas rojas, valla de madera bien cuidada. Geranios en las ventanas. Y, colgadas de las paredes, en macetas suspendidas, más flores. ¿Sabes lo que pensé Jean? Pensé, en esa casa, alguien ha decidido que quería ser feliz. Me pareció que iba a seguir hablando, pero enmudeció. Miró hacia el suelo, con rostro sombrío. Está acabado, me dije. Que un Darius Ardashir busque en el ladrillo y el macramé los indicios de la felicidad significa que se está viniendo abajo. Y pura y simplemente, pensé, lo que resulta más inquietante es que se refiera a la felicidad como un fin. En cuanto a mí, urgía que convocara al cuerpo médico pues el tubo acarreaba burbujas de aire hacia mi brazo. ¿Sabes cuántos años tiene Anita?, dijo Darius. – ¿Son normales estas burbujas? – ¿Qué burbujas? Son gotas. Es el producto. – ¿Tú crees? Míralo bien. Sacó las gafas y se acercó para observar la perfusión. – Gotas. – ¿Estás seguro? Golpea con los dedos la bolsa. – ¿Para qué? – Golpéala. Golpéala, que eso ayuda. Darius golpeó con los dedos la bolsa de suero y se sentó. Ya no veo nada, dije. Estoy harto de tanto tubo. – ¿Sabes cuántos años tiene Anita? – Di. – Cuarenta y nueve. ¿A ti te parece que son edades para desarrollar ansias de plenitud y demás estupideces? Sabes, a veces pienso en Dina, Jean. Tú tuviste a una mujer que comprendía la vida. Dina está en el cielo. Los judíos no tenéis paraíso, ¿qué tenéis? – No tenemos nada. – Bueno, seguro que está muy bien. Te dejó a tus hijos, son buenas personas, se ocupan de ti, tu hija también, tu yerno, tus nietos. Supo crear un ambiente familiar. Cuando se es viejo, es importante tener a alguien que te eche una mano. Yo acabaré como una rata. Anita te dirá que lo tengo bien merecido. Otra frase estúpida. ¿Qué tendrá que ver el mérito con esto? Tengo un piso suntuoso, propiedades suntuosas, ¿qué se creen todos, que me han caído del cielo? ¿Por qué me mato, salgo de casa a las ocho, me acuesto a medianoche?, ¿no comprende que lo hago por ella? Y los chicos, dos ceros a la izquierda que lo dilapidarán todo, ¿no comprenden que lo hago por ellos? No. Críticas, críticas y más críticas. Y romance con un cretino que planta amancayos. Habría preferido que Anita se fuera con una mujer. Pregunté, ¿estás bien en esa silla? – Muy bien. La víspera, Ernest la probó durante menos de un minuto antes de optar por la silla plegable. Escuchando a Darius, me vino a la memoria una tarde que pasé en casa con Dina ordenando cosas. Encontramos ropa blanca antigua bordada a mano que le venía de su madre, y un precioso servicio de mesa italiano. Pensamos, ¿y ahora de qué sirve todo eso? Dina desplegó un mantel sobre un sofá. Bien planchado, una pizca amarillento. Alineó las tazas de porcelana incrustada. Objetos que un día tienen valor con el tiempo pasan a convertirse en bultos inútiles. No sabía qué decirle a Darius. La pareja es la cosa más impenetrable. Resulta imposible comprender lo que es una pareja, incluso cuando se forma parte de ella. Entró en la habitación el doctor Chemla. Sonriente, simpático como de costumbre. Me alegré de que apareciera porque empezaba a gangrenárseme el brazo. Los presenté, Darius Ardashir, un amigo querido, el doctor Philip Chemla, mi salvador. Y enseguida añadí, doctor, ¿no le parece que se me ha hinchado el brazo? Me da la impresión de que la perfusión pasa al lado de la vena. Chemla efectuó presiones en mis dedos y en mi antebrazo. Examinó mi muñeca, giró el regulador de flujo y dijo, terminamos la bolsa, y se acabó, mañana estará usted en casa. Pasaré a verlo esta noche, caminaremos un rato por el pasillo. Cuando salió el médico, Darius dijo, ¿qué tenías exactamente? – Una infección urinaria. – ¿Qué edad tiene tu galeno? – Treinta y seis años. – Demasiado joven. – Un genio. – Demasiado joven. ¿Qué piensas hacer?, dije. Se inclinó hacia delante, abrió los brazos como quien sopesa la nada, y los dejó caer. Vi vagar su mirada por mi mesita de noche, dijo, ¿qué lees? – *La destrucción de los judíos europeos*, de Raul Hilberg. – ¿No has encontrado otra cosa para el hospital? – Es perfecto para el hospital. Cuando no estás bien, lo mejor es leer libros tristes. Darius cogió el libro,

que es voluminoso. Lo hojeó con mirada apagada. — O sea que me lo aconsejas. — Encarecida-
mente. Aun así sonrió. Dejó el libro y dijo, ella
tenía que haberme dicho algo. No soporto que
me haya traicionado en secreto. Pese al diagnósti-
co de Chemla, seguía dándome la impresión de
que el brazo se me hinchaba. Dije, mírame los
brazos, ¿tú crees que abultan lo mismo? Darius se
levantó, se calzó las gafas, me miró los brazos y
dijo, exactamente lo mismo. Volvió a sentarse.
Permanecimos un instante en silencio, escuchando los ruidos del pasillo, los carritos, las voces.
Luego Darius dijo, las mujeres se han arrogado el
papel de mártires. Han teorizado en voz alta. Gi-
motean y pretenden inspirar lástima. Cuando en
realidad el auténtico mártir es el hombre. Al oírlo, me vino a la memoria la frase de mi amigo
Serge, cuando empezaba a notar los síntomas del
alzhéimer. Estaba empeñado en ir, no sé por qué
motivo, a la calle del Hombre Casado. Nadie sabía dónde estaba esa calle del Hombre Casado.
Al final acabaron comprendiendo que se refería a
la rue des Martyrs. Le conté la anécdota a Darius,
que lo conocía vagamente. ¿Cómo está?, me preguntó Darius. Bien, dije. El caso es no llevarle la
contraria, yo siempre le doy la razón. Darius movió la cabeza. Clavó la mirada en un punto del
techo hacia la puerta y dijo, es maravillosa esa en-
fermedad.

Mi padre me decía, si te preguntan a qué se dedica tu padre, tú dices que es consejero técnico. En realidad recibía una paga de consejero técnico a cambio de jugar de pareja al bridge con un tipo que administraba concesiones de mercado. Mi abuelo se arruinó con las carreras y mi padre solicitó que le prohibieran a él mismo la entrada en los casinos durante varios años. Loula me escucha como si le contase historias increíbles. La verdad es que es una monada. Se sienta todas las mañanas en mi coche, bueno, quiero decir en el coche que pone a su disposición la productora de la película para ir a buscarla y acompañarla a su casa. Se sienta delante, a mi lado, un poco dormida. Tengo orden de no hablarle si ella no me dirige la palabra, debo respetar su cansancio y su concentración. Pero Loula Moreno me hace preguntas, se interesa por mí, no habla únicamente de sí misma como suelen hacer las actrices. Le digo que me gusta el cine, que trabajo en producción pero que preferiría estar en dirección. Lo cierto es que no sé muy bien lo que quiero hacer. Soy el primer Barnèche no jugador. Ella me tutea y yo la llamo de usted, aunque tengo veintidós años y ella apenas treinta (me lo ha dicho). Poco a poco le voy contando mi vida según pasan los días. Loula Moreno es curiosa y avispada. Enseguida se ha dado cuenta de que me interesa Géraldine, la ayudante de vestuario, una morenita de ojos claros y cabello abundante. La primera impresión con esa chica se mitigó porque enseguida supe que le gustaban los Black Eyed Peas y la cantante Zaz. Normalmente eso enseguida me echa para atrás. Pero el hecho de estar en Klosterneuburg, comenzamos el rodaje en Austria, me volvió quizá más tolerante (o más blando). Máxime porque enseguida descubrimos una pasión común por las Pim's. Nos acordamos de cuando éramos pequeños, entonces hacían unas Pim's de chocolate blanco con cerezas. Coincidimos en el hecho de que Casino, que lo fabricaba ahora, no lo hacía tan bien. Géraldine me preguntó si creía que algún día Pim's haría unas Pim's con caramelo. Dije, sí siempre que haga un bizcocho más duro o un caramelo líquido muy ligero porque lo que no quedaría bien es blando sobre blando. Géraldine dijo, pero entonces ya no serían unas Pim's. Yo estaba totalmente de acuerdo. Ella no conocía las Pim's con pera, que se ve poco y que poca gente conoce. Le dije, es el súmmum de todas las Pim's. La confitura es relativamente espesa, contrariamente a la de frambuesa o de naranja, pero sólo la notas al masticar. Luego se dispersa. La naranja se nota enseguida, la pera tarda más. Se funde con el bizcocho. Hasta el envoltorio es perfecto. El embalaje es de un elegante... No han utilizado un verde birrioso, han utilizado un color como de topo, sabes. Géraldine estaba entusiasmada. Al final dije, tu primera Pim's con pera tienes que comértela mirando el envoltorio. Ella dijo, ¡sí, sí, claro! Me enamoré de ella porque es muy poco frecuente que una chica comprenda ese tipo de cosas. Loula asiente. No acabo de saber si tengo alguna posibilidad con Géraldine. Cuando una chica me atrae de verdad, no soy de esos que se tiran de cabeza. Necesito una garantía. En Klosterneuburg, me daba la impresión de que le gustaba. Desde que hemos vuelto, se ha vendido al perchista. Una zorrita que te hace el saludo de scout (no estoy seguro de que lo haga con segundas, y si lo hace con segundas todavía es más grave). Se ha producido otra dificultad que no existía en Austria: se pone bailarinas. Incluso con vestido. En la facultad, si te agachabas, veías un bosque de piernas con bailarinas. Para mí las bailarinas son sinónimo de aburrimiento y de ausencia de sexo. Loula me pidió que le hiciera una lista de cosas que me irritan en una chica. Le dije que la lista era infinita. – Adelante. Dije, que la chica lleve un peinado gilipollas. Que lo analice todo. Que sea católica. Que sea militante. Que sólo tenga amigas. Que le guste Justin Timberlake. Que tenga un blog. Loula se rió. Dije, que no sepa reírse como usted. Una noche, se celebró una pequeña fiesta en honor del último día de rodaje de un actor. Loula me aconsejó que no me dejara comer el terreno por el perchista. Me encontré sentado hombro con hombro con Géraldine en el sótano donde se almacenan los decorados. Había birlado una botella de vino tinto, bebíamos en vasos de cartón. Sobre todo yo. Dije (con la voz susurrante que adoptan los actores americanos en las series cuando llega la secuencia pre-polvo), si fuera presidente, haría de inmediato una serie de reformas. Una norma europea contra las perchas que se supone sujetan los pantalones y éstos se caen en cuanto vuelves la espalda. Una ley contra el papel de seda en los calcetines (que se llama papel de seda pero es medio papel de seda medio de calco), que no sirve más que para hacerte perder el tiempo y decirte soy nuevo. Una ley que cuando abres una caja de medicamentos evitase que te moleste el prospecto. Tienes que buscar a tientas el somnífero y te topas con un papel, en vista de lo cual tiras el prospecto que te toca las narices. Tendrían que denunciar a los laboratorios por asesinato dado el riesgo que te hacen correr. ¿Tomas somníferos?, dijo Géraldine. – No, antihistamínicos. – ¿Y eso qué es? No estaba lo bastante alcoholizado como para no calibrar la enormidad del problema. No sólo Géraldine no se iba dejando caer gradualmente sobre mi cuerpo encantada con mis *sandeces*, sino que desconocía el significado de la palabra *antihistamínico*. Por no hablar del tono de desaprobación con respecto a los somníferos, que dejaba traslucir una rígida tendencia new age. Dije, medicamentos para la alergia. – ¿Tienes alergia? – Asma. – ¿Asma? ¿Por qué le daba por repetirlo todo de ese modo? Dije, tras darle un tiento a la botella y adoptando una voz lúgubre, y rinitis, y otro tipo de alergias. Acto seguido la besé. Ella se dejó. La tumbé sobre los escalones, contra la pared de hormigón del almacén, y empecé a sobarla atropelladamente. Forcejeaba diciendo no sé qué cosa que yo no entendía y que me irritaba, dije qué, mientras me excitaba encima de ella, ¿qué? ¿Qué dices? Ella repitió, ¡aquí no, aquí no Damien! Intentaba rechazarme, como hacen las chicas, medio sí, medio no, hundí la cabeza bajo la camiseta, no llevaba sujetador, apresé un pezón con los labios, oía gimoteos ininteligibles, le acariciaba los muslos, el culo, había llegado al borde de las bragas, intentaba llevarle la mano a mi polla cuando, de repente, logró incorporarse y me rechazó con los brazos y las piernas, pataleando en todas direcciones y gritando, ¡para, para! Me encontré pegado a la pared de enfrente, descubriendo a una chica colorada y exasperada. Dijo, ¡estás loco! ¿Qué he hecho?, dije. – ¿Bromeas? – Perdóname. Creía que tú..., no parecías resistirte... – Aquí no. Así no. – ¿Qué quiere decir así no? – No con esa brutalidad. Sin preliminares. Una mujer necesita preliminares. ¿No te lo han enseñado? Intentaba recomponerse el pelo, hacía diez veces el mismo gesto para recogérselo detrás. Yo pensaba *preliminares*, qué palabra tan espantosa. Dije, déjate el pelo, es más bonito a lo salvaje. – Pues a mí precisamente no me gusta a lo salvaje. Apuré la botella y dije, una puta mierda este vino. – ¿Por qué te lo bebes? – Ven a darme un beso. – No. Arriba habían puesto música, pero yo no conseguía descifrar el qué. Tendí una mano de mendigo, ven. – No. Se hizo un moño en el pelo y se levantó. Pegué la cabeza a la pared, despatarrado. Allí no pasaba nada de nada. Ella estaba allí de pie, con los brazos colgando. Yo, en el suelo estrujando con una mano el vaso de plástico. Eso era ser jóvenes, tener años por delante. O sea nada. Un profundo abismo. Pero no un abismo en el que caes. El abismo está arriba, enfrente. Mi padre hace bien viviendo de las cartas. Géraldine se acuclilló a mi lado. Empezaba a dolerme la cabeza. Dijo, ¿qué tal? – Bien. – ¿En qué piensas? – En nada. – Va, dímelo. – En nada, de verdad. Aguardé a calmarme un poco y la besé sin tocar nada más. Me levanté, me arreglé un poco la ropa y dije, me voy. Ella se levantó de inmediato y dijo, yo también me voy. ¿Estás enfadado? – No. Me sublevan esos subterfugios. Esa voz súbitamente ñoña. Subí las escaleras a zancadas, la notaba apretar el paso para mantenerse a mi altura. Justo antes de llegar arriba, dijo, ¿Damien? – ¿Qué? – Nada. En la planta baja reinaba buen ambiente, la gente bailaba, Loula Moreno se había marchado, por supuesto. Al día siguiente, en el coche, le conté la noche a grandes rasgos. Loula dijo, ¿así os separasteis? – Cogí el coche y me fui a casa. – ¿Cómo os despedisteis? – Adiós, adiós, un besito en la mejilla. Mal, dijo Loula. Mal, repetí. Apenas había amanecido, hacía un tiempo asqueroso. Había activado cuanto se puede activar en un coche, limpiaparabrisas, antivaho, calefacción multidireccional. Dije, en la vida real tengo un escúter. Loula asintió. – Iba con patines de ruedas cuando los amigos iban en bici, en bici cuando ellos iban en escúter, y ahora en escúter cuando ellos van en coche. Siempre desfasado. Dije, existe un sistema muy conocido para engatusar a las mujeres, lo sabe todo el mundo, y es no abrir la boca. Los tipos que gustan son silenciosos y ponen cara de mala leche. Yo no me creo lo bastante guapo, lo bastante intrigante al natural, para callarme. Hablo demasiado, digo gilipolleces, quiero ser gracioso todo el rato. Hasta con usted quiero ser gracioso. Muchas veces, después de soltar unas cuantas bromas, me pongo serio porque me lo recrimino. Sobre todo cuando no hacen gracia, me obceco y adopto una actitud siniestra durante un cuarto de hora. Luego vuelvo a la carga con mis gracias. Me jode esa comedia de la seducción. Loula dijo, ¿qué escúter tienes? – Un Yamaha Xenter 125. ¿Entiende usted de eso? – Tuve una Vespa durante un tiempo. Rosa, como la de *Vacaciones en Roma*. Dije, me la imagino muy bien. Estaría monísima. ¿No era en blanco y negro aquella película? Loula lo pensó un instante. Ah sí, dijo, es verdad. Pero parecía rosa. Puede que no fuera rosa entonces.

LUC CONDAMINE

Ayer, le pegué a Juliette con la correa del perro, dije. ¿Tienes perro?, dijo Lionel. Robert nos estaba haciendo espaguetis en la cocina. Con un *sugo* napolitano. Así es como prefiero ver a mis dos tontainas. Sentados ante la mesa de la cocina. Sin las mujeres. Abandonados a nosotros mismos y a lo peor de nosotros mismos, Lionel dixit. Golpeé a mi hija con la correa del perro, repetí. Tras una pelea provocada por su insolencia, le dije en el momento en que abandonaba la habitación, ¡y no pegues un portazo! Pegó un portazo más violento que los habituales. Cogí la correa que andaba tirada por allí, la alcancé en el pasillo y le sacudí. No experimenté el menor pesar ni remordimiento. Más bien una suerte de alivio. Esa niña ha instaurado el terror en la casa y nos increpa a grito pelado. Cuando se enteró de que yo había golpeado a nuestra hija con la correa del perro, a Anne-Laure se le descompuso el semblante y enmudeció. Pone esas caras de teatro yíddish para mostrarme su desprecio. Es una novedad. Salió de la estancia, volvió a los pocos minutos, marcando ese gran silencio punitivo de las mujeres, y me señaló las laceraciones del brazo y de una parte de la espalda. Se lo merecía, dije. Juliette me miró de arriba abajo con la cara congestionada y colorada y dijo, te odio. Me pareció mona y su voz tenía una tesitura normal. Tendrías que ir al médico, dijo Anne-Laure. Puede que tenga que ir al médico. No recordaba que tuvieras perro, dijo Lionel. – Una rata larga. Llámalo perro. Bueno de verdad este vino. Brunello di Montalcino 2006. Bravo. Ya no tengo la menor paciencia con las mujeres. El otro día tenía a mi madre al teléfono, a Anne-Laure ante el espejo (se ve arrugada), a Juliette chillándole a su hermana, y pensé, ¡pero joder! Voy a pedir al periódico que me mande lejos. ¿Y aún ves a Paola?, preguntó Robert. – Aún. Pero lo voy a dejar. ¿No le habrás contado nada a Odile? – No, no. ¿Y por qué lo vas a dejar? – Porque hay momentos en que tras la cortesana asoma la buena mujer. Gustándome como me gustan las chicas de bares de marineros, resulta que cautivo a mujeres intelectuales que me invitan a veladas poéticas. Esa chica vale mucho más que tú, dijo Robert. – Eso es lo que le reprocho. Y, por cierto, ¿qué tal Virginie Déruelle? ¿Quién es?, preguntó Lionel. Una chiquita a la que conoció en su club deportivo y que quiere traspasarme, contestó Robert. – Que te he traspasado. – Vale. – Bueno, pero ¿qué? Robert se rió y extrajo un largo espagueti, pruébalo, ¿está bastante cocido? – Sí, está bien. ¡Cuéntanos! – No. – Con la de preciosos consejos que podríamos darle sobre su aventura, y él se contenta con vivirla él solo, le dije a Lionel. En ese momento se oyó una música estridente en algún lugar del piso. – ¿Qué es eso? Es Simon, va a conseguir que nos echen de la casa ese capullo, dijo Robert. Abandonó la pasta y salió corriendo por el pasillo. La música se paró en seco. Lo oímos discutir. Volvió con su hijo pequeño, que tiene un careto simpático de verdad. Me hubiera gustado tener un hijo. Robert dijo, como llamen los vecinos, dejaré que tu hermano se las apañe con ellos, y desde luego pienso darles toda la razón. ¿Tú qué quieres, leche? Antoine farfulló, zumo de grosella. – Por la noche no, que ya te has cepillado los dientes. Zumo de grosella, repitió Antoine. – Por qué no quieres leche, ¡si te gusta la leche! – Quiero zumo de grosella. Dale zumo de grosella, qué coño importa, dije. Robert le sirvió un vaso de zumo de grosella. Venga, a la cama campeón. Robert escurrió los espaguetis y los vertió en una fuente encima de la mesa. Tuvimos el mismo problema durante años, con Jacob, dijo Lionel. Los vecinos se pasaban la vida tocando el timbre o aporreando la pared. Por cierto, ¿qué es de Jacob? ¿Sigue en Londres?, preguntó Robert. Lionel asintió. ¿Qué hace allí, que no me acuerdo?, pregunté. – Trabaja en una casa de discos. – ¿Cuál? – Una marca pequeña. – ¿Está contento? – Parece que sí. Robert se afanaba para servirnos. Rallaba parmesano. Picaba albahaca para esparcirla en el *sugo*. Disponía los condimentos, el aceite de oliva de Sicilia, un aceite de guindilla. Nos llenaba las copas. Estábamos a gusto los tres. Dije, está bien que estemos los tres. Brindamos. Por la amistad. Por la vejez. Por la calidad del asilo que nos acoja. Y por el raro honor de disfrutar de la presencia de Lionel, dijo Robert. Lionel quiso protestar. Yo dije, tiene razón Robert, confiesa que nunca estás disponible. Es más fácil concertar una cita con Nelson Mandela que con Lionel Hutner. ¡Hey! ¡Un poco de buen humor, amigo! De los tres eres el único que ha conseguido ser feliz en pareja. Seguro que eso lleva tiempo. Se abre la puerta y entra Simon, el hijo mayor de Odile y Robert. Un cuerpo de niño y un ondulado mechón oscuro, misteriosamente untuoso, caído sobre la frente, que dejaba traslucir una preocupación por la moda. ¿Qué pasa ahora?, dijo Robert, nos gustaría que nos dejaran tranquilos si puede ser. – ¿Queda zumo de grosella? Oh, genial, pasta, ¿puedo probarla? – Sírvete un plato y esfúmate. Contemplé el júbilo y la excitación en los ojos del muchacho con su pijama rojo ya demasiado corto, mientras los espaguetis, el tomate y el parmesano iban formando un pequeño montículo en el plato. Esperé a que saliera con su zumo de grosella en la otra mano, y dije, ser feliz es una disposición. No puedes ser feliz en el amor si no tienes una disposición para ser feliz. Chavalín, vas a conseguir darle un giro siniestro a la velada, dijo Robert. Concéntrate en la pasta. ¿Nadie va a felicitarme? – Excelente, dijo Lionel. – Cuando Anne-Laure y yo nos muramos, el balance será apocalíptico. Pero ¿a quién le importará ese balance? Me la soplará totalmente haber desperdiciado mi vida. Pienso apuntarme a clases de judo en septiembre. Yo también quiero pasta, dijo Antoine, que acababa de reaparecer. Tú ya has cenado, lo cargantes que llegáis a ser, vuelve a la cama, gritó Robert. ¿Y por qué Simon puede volver a cenar? – Porque tiene doce años. Como si eso fuera a convencerle, tercié. Robert cogió un plato y echó un puñado de espaguetis. Salsa no, sólo parmesano, dijo Antoine. – Venga, largo de aquí. Robert abrió otra botella de Brunello. No se te oye mucho, le dije a Lionel. Lionel ponía una cara rara. Contemplaba el fondo del vaso y le daba vueltas. Acto seguido anunció, con voz cavernosa, Jacob está internado. Se hizo un silencio. Dijo, no está en Londres, está en una clínica de Rueil-Malmaison. ¿Puedo contar con vuestra total discreción? Ni una palabra a Anne-Laure, a Odile ni a nadie. Cuenta con ello, dijimos Robert y yo. Por supuesto. Robert llenó la copa de Lionel. Lionel bebió varios sorbos de un tirón. – ¿Recordáis su propensión por..., su admiración por... Céline Dion? En cuanto pronunció esa palabra, a Lionel se le escapó una carcajada mezclada con una salva de perdigones, los ojos empañados y rojos y el cuerpo sacudido de espasmos. El verlo reír de esa forma nos dejó petrificados. Intentó decir algo más, pero nos daba la impresión de que no podía más que repetir ese nombre, y tampoco entero, con voz ahogada, invadido cada vez por una hilaridad trágica. Se enjugaba las lágrimas que le corrían por las mejillas con la palma de la mano, no acababa de saberse si eran de risa o de llanto. Al cabo de un rato se calmó. Robert le palmeó el hombro. Y así nos quedamos. Los tres alrededor de la mesa. Sin entender nada y sin saber qué hacer. Luego Lionel se levantó. Abrió el grifo del fregadero y se roció la cara varias veces. Se volvió hacia nosotros y dijo, haciendo un ostensible esfuerzo para controlar sus palabras, Jacob se cree Céline Dion. Está convencido de que *es* Céline Dion. Yo no me atrevía a mirar a Robert. Lionel había pronunciado la segunda frase con extrema gravedad y nos miraba fijamente con ojos aterrados. Pensé, mientras no mire a Robert, puedo conservar una expresión empática. Mientras ignore a Robert, puedo mantener la cara de dolor que necesita Lionel. Era el niño más alegre del mundo, dijo Lionel. El más inventivo. Creaba paisajes en su habitación, archipiélagos, un zoo, un parking. Organizaba toda clase de espectáculos. No sólo musicales. Llevaba una tienda con moneda falsa. Gritaba, ¡la tienda está abierta! No sé por qué, la evocación de la tienda lo sumió en un ensueño taciturno. Fijó la mirada en un punto del suelo. Luego dijo, tienes razón, ser feliz es una disposición. Quizá no habría que tenerla en la infancia. Me lo he planteado. Quizá tener una infancia feliz no es bueno para la vida posterior. Mirando a Lionel de pie en medio de la cocina, con su cinturón demasiado subido y la camisa salida, pensé que bastaba una nimiedad para que un hombre pareciera vulnerable. Robert dijo detrás de mí, ven a sentarte amigo. Cometí el error de volverme. Durante un segundo mis ojos se cruzaron con los suyos. No sé cuál de los dos no se pudo aguantar. Nos dejamos caer sobre la mesa intentando sofocar la risa. Recuerdo haber asido el brazo de Robert pidiéndole que parase, todavía me llegan los ecos de sus hipidos de risa descontrolados. Nos levantamos, sin dejar de troncharnos, y suplicamos a Lionel que nos perdonase. Robert abrazó a Lionel, yo me uní a ellos, y lo estrechamos como dos hijos avergonzados que se ocultan en las faldas de su madre. Luego Robert se despegó de nosotros. A costa de una concentración que me imaginé intensa, logró recobrar la seriedad. Dijo, ya sabes que no nos burlamos. Lionel estuvo grandioso, sonriendo amablemente, dijo, lo sé, lo sé. Volvimos a la mesa. Robert llenó las copas. Brindamos de nuevo. Por la amistad. A la salud de Jacob. Hicimos unas preguntas. Lionel dijo, me impresiona Pascaline. Sé lo mucho que se preocupa pero se mantiene alegre, con una actitud positiva. No le digáis que estáis al tanto. Si algún día os lo comenta, no sabéis nada. Prometimos que no diríamos nada. Intentamos cambiar de tema. Lionel me preguntó por mis reportajes recientes. Les conté la inauguración del Memorial judío en Skopie. La ceremonia al aire libre con sillas de plástico. El sonido de la charanga que subía a lo lejos, como un ruido de juguete. Los tres soldados macedonios, cual skinheads rapados, portando un cojín en el que reposaba un botellín de soda que en realidad era una urna con cenizas de las víctimas de Treblinka. Todo ello de lo más grotesco. Un mes después, nueva charanga en Ruanda. Decimoctavo aniversario del genocidio en el estadio de Kigali. Surgiendo de una puerta a lo entrada de los leones en *Ben-Hur*, unos tipos desfilando al paso de la oca y lanzando bastones. Yo dije, ¿por qué tienen que acabar todas esas carnicerías con charangas? Sí, es verdad, comentó Lionel. Y volvimos a reírnos los tres, probablemente cocidos.

HÉLÈNE BARNÈCHE

El otro día, en el autobús, un hombre, bastante metido en carnes, se sentó delante de mí, en el asiento opuesto junto a la ventana. Tardé en prestarle atención. Sólo alcé la cabeza porque sentí sus ojos clavados en mí. El hombre me examinaba, con expresión inmensamente seria, casi adivinatoria. Hice lo que se hace en tales circunstancias, sostener valientemente la mirada para marcar la indiferencia y volver a otras contemplaciones. Pero estaba incómoda. Notaba la persistencia de su interés y hasta me planteé soltarle una fresca. Me lo estaba pensando cuando oí, ¿Hélène? ¿Hélène Barnèche? Dije, ¿nos conocemos? Él dijo, como si fuese el único en el mundo, que además era el caso, Igor. Lo reconocí en el acto no tanto por el nombre como por el modo de pronunciarlo. Un modo de arrastrar la o, de insuflar una pretenciosa ironía a esas dos sílabas. Repetí el nombre, tontamente, y escruté su rostro a mi vez. Soy una mujer a quien no le gustan las fotos (nunca las tomo), ni ninguna imagen, alegre o triste, susceptible de despertar una emoción. Las imágenes son aterradoras. Me gustaría que conforme avanza la vida todo se fuese borrando. No pude asociar a aquel nuevo Igor con el del pasado. Ni su apariencia ni ninguno de los atributos de su magia. Pero recordaba el lapso de mi vida que había ido ligado a su nombre. Cuando conocí a Igor Lorrain, yo tenía veintiséis años, él apenas más. Ya estaba casada con Raoul y trabajaba de secretaria en la Caja de Depósitos. Él estudiaba medicina. Por entonces, Raoul se pasaba las noches jugando a las cartas en los cafés. Un amigo, Yorgos, había llevado a Igor al Darcey, en la place Clichy. Yo acudía casi todas las noches, pero volvía a casa pronto. Igor se ofrecía a acompañarme. Tenía un 2CV azul que ponía en marcha con una manivela y abriendo el capó, porque la calandra estaba chafada. Era alto y delgado. Dudaba entre el bridge y la psiquiatría. Más que nada estaba chalado. Costaba lo suyo resistírsele. Una noche se inclinó sobre mí en un semáforo rojo, y dijo, pobrecita Hélène, estás muy abandonada. Y me besó. No era cierto, yo no me sentía abandonada, pero no había acabado de planteármelo cuando ya estaba en sus brazos. No habíamos cenado nada, me llevó a un bistró de la porte Saint-Cloud. Enseguida comprendí con quién tenía que vérmelas. Pidió dos raciones de pollo con judías verdes. Cuando nos sirvieron probó el plato y dijo, ten, echa sal. Yo dije, no, para mí está bien. Dijo, que no, que no está bastante salado, echa más sal. Dije, así está muy bien, Igor. Dijo, te digo que eches más sal. Y eché sal. Igor Lorrain era originario del norte, como yo. Él era de Béthune. Su padre trabajaba en el transporte fluvial. En mi casa no se andaban con bromas. Pero en la suya menos. En nuestras familias, a la primera de cambio te caía un bofetón, cuando no eran golpes u objetos arrojados a la cara. Durante mucho tiempo, me pegué por un quítame allá esas pajas. Pegué a mis amigas y pegué a mis novietes. A Raoul le pegaba al principio, pero él se tronchaba. Era lo único que se me ocurría cuando me hacía enfadar. Le sacudía. Él se retorcía exageradamente como bajo el efecto de una plaga de Egipto o me agarraba las muñecas con una sola mano riéndose. A Damien nunca le pegué. Cuando tuve a mi hijo nunca volví a pegarle a nadie. En el 95, que va de la place Clichy a la porte de Vanves, recordé lo que me había atado a Igor Lorrain. No el amor, ni cualquiera de los nombres que puedan dársele al sentimiento, sino el salvajismo. Se inclinó y me dijo, ¿me reconoces? Sí y no, dije. Sonrió. Recordé también que tiempo atrás nunca lograba contestarle con claridad.

– ¿Sigues llamándote Hélène Barnèche? – Sí.
– ¿Sigues casada con Raoul Barnèche? – Sí. Me
habría gustado construir una frase más larga,
pero no me veía capaz de tutearlo. Tenía el pelo
entrecano, pero peinado hacia atrás de un modo
raro, y el cuello abultado. Volví a percibir en sus
ojos la chispa de locura sombría que me había
sorbido el seso. Me pasé revista mentalmente.
Mi peinado, mi vestido y mi chaleco, mis manos. Volvió a inclinarse para decir, ¿eres feliz?
Dije, sí, y pensé, qué caradura. Meneó la cabeza
y adoptó un airecillo enternecido, eres feliz, bravo. Me dieron ganas de abofetearle. Treinta años
de sosiego barridos en diez segundos. ¿Y tú Igor?,
dije. Se arrellanó en el asiento, y contestó, yo no.
– ¿Eres psiquiatra? – Psiquiatra y psicoanalista.
Hice una mueca para indicarle que no estaba al
tanto de tales sutilezas. Él esbozó un gesto para in-
dicarme que no era grave. Me dijo, ¿adónde vas?
Esas dos palabras me trastocaron. *Adónde vas*,
como si nos hubiéramos visto la víspera. Con el
mismo tono de antaño, como si no hubiéramos
hecho otra cosa en la vida que darle vueltas a lo
mismo. El *adónde vas* me traspasó el alma. Sentí
aflorar sentimientos confusos. Hay en mí una región abandonada que aspira a la tiranía. Raoul
nunca me ha *tenido*. Mi Rouli ha pensado siempre en jugar y en divertirse. Nunca se le ha pasado
por la cabeza vigilar a su mujercita. Igor Lorrain

quería tenerme amarrada. Quería saber al detalle adónde iba, lo que hacía y con quién. Decía, me perteneces. Yo decía, no. Decía, di que me perteneces. No. Me apretaba el cuello, apretaba fuerte hasta que yo decía, te pertenezco. Otras veces, me pegaba. Tenía que repetirlo porque no me había oído. Yo forcejeaba, le devolvía todos los golpes pero siempre me dominaba. Acabábamos en la cama para consolarnos. Luego huía de su casa. Él vivía en una buhardilla minúscula del boulevard Exelmans. Yo salía huyendo por la escalera. Él gritaba por encima de la barandilla, di que me perteneces y yo decía, bajando a todo correr, no, no, no. Me alcanzaba, me arrinconaba contra la pared o la reja del ascensor (a veces pasaban vecinos), decía, ¿adónde vas, putita?, sabes que me perteneces. Volvíamos a hacer el amor en los escalones. Una mujer quiere ser dominada. Una mujer quiere estar encadenada. No se le puede explicar eso a todo el mundo. Yo intentaba recomponer al hombre que tenía delante de mí en el bus. Un viejo guaperas ajado. No reconocía el ritmo de su cuerpo. Pero sí la mirada. La voz también. – ¿Adónde vas? – A Pasteur. – ¿Qué vas a hacer en Pasteur? – Te estás pasando. – ¿Tienes hijos? – Uno. – ¿Qué edad tiene? – Veintidós años. ¿Y tú, tienes hijos? – ¿Cómo se llama? – ¿Mi hijo? Damien. ¿Y tú tienes hijos? Igor Lorrain meneó la cabeza.

Contempló por la ventanilla un anuncio de calefacción individual. ¿Podía tener hijos? Evidentemente. Cualquiera puede tener hijos. Me habría gustado saber con qué tipo de mujer. Me entraron ganas de preguntarle si estaba casado, pero no lo hice. Sentí pena por él, y por mí. Dos medio viejos, transportados por París, cargando con su vida. Igor había depositado a mi lado una cartera de cuero raída, tipo cartera de colegial. El asa estaba desteñida. Me pareció muy solo. Su apariencia, su forma de moverse. Se nota cuando nadie le cuida a uno. Puede que tenga a alguien, pero no a alguien que cuide de él. Yo a mi Rouli lo llevo como un guante. Hasta cabe decir que lo incordio. Le escojo la ropa, le tiño las cejas, no le dejo beber ni picar frutos secos. A mi manera, estoy sola también. Raoul es dulce y afectuoso (menos cuando formamos pareja en el bridge, entonces se metamorfosea), pero sé que se aburre conmigo (menos cuando vamos al cine). Es feliz con los amigos, se ha inventado una existencia al margen de las cosas reales y de las obligaciones de todo el mundo. Mi amiga Chantal dice que Raoul es como los políticos. Gente siempre ausente incluso cuando está ahí. Damien se ha ido. Incluso me he visto obligada en cierto modo a echarlo de casa. Limpiando su habitación, encontré vestigios de todas las épocas. Una noche me senté en su cama y lloré al abrir una caja llena de castañas pintadas. Los hijos se marchan, es lo normal, tiene que ser así. Igor Lorrain dijo, me bajo aquí, ven conmigo. Miré el nombre de la parada, era Rennes-Saint-Placide. Dije, yo me apeo en Pasteur-Doctor-Roux. Se encogió de hombros, como si ése fuese el último destino imaginable. Se levantó. Dijo, ven, Hélène. *Ven, Hélène.* Y me tendió la mano. Pensé, está sonado. Pensé, aún seguimos vivos. Posé mi mano en la suya. Tiró de mí entre los pasajeros hacia la salida y nos apeamos del bus. Hacía buen tiempo. Había obras en la calzada. Nos internamos en un laberinto de bloques de mortero y de vallas para cruzar la rue de Rennes. La gente caminaba en ambas direcciones y se empujaba. Todo hacía ruido. Igor me apretaba la mano. Salimos al boulevard Raspail. Le agradecía infinitamente que no me soltara. Me cegaba el sol. Vislumbraba, como si fuera por primera vez, las hileras de árboles que se desplegaban en el centro, los macizos de plantas en su valla de hierro forjado azul verdoso. No tenía la menor idea de adónde íbamos. ¿Lo sabía él? Un día Igor Lorrain me había dicho, fue un error haberme metido en una sociedad humana. Dios hubiera debido meterme en una sabana y hacerme tigre. Habría reinado en mi territorio sin cuartel. Subíamos hacia Denfert. Me dijo, sigues tan pequeñita. Él era igual de alto que antes, pero más recio. Tenía que correr un poco para seguir su ritmo.

Estoy horrorosa, horrorosa, horrorosa. No quiero ni salir del probador para que me vea Marguerite. No puedo llevar ropa ajustada. No tengo cintura. Se me ha ensanchado el pecho. No puedo enseñar el escote. Antes sí. Ya no. Marguerite no es realista. Además, ella misma lleva siempre cuellos ajustados con un pañuelito. Mi hija y mi cuñada están empeñadas en vestirme con no sé qué fines psicológicos. El otro día, cuando celebramos mis setenta años, Odile me dijo, tú no te vistes mamá, te cubres de tela. – ¿Y qué? ¿Me mira alguien? Ernest seguro que no. Tu padre ni sabe ya que tengo un cuerpo. Al día siguiente Odile me llamó para decirme que al pasar delante de Franck et Fils, había visto un vestidito marrón con ribetes naranja. Que te sentaría de maravilla mamá, dijo. Lo cierto es que en el maniquí del escaparate tenía su estilo. ¿Te va bien?, pregunta Marguerite tras la cortina. –

¡No, no, en absoluto! – Déjame ver. – ¡No, no, no merece la pena! Intento quitarme el vestido. Se ha quedado atascada la cremallera. Estoy en un tris de cargármela. Salgo del probador, que es un antro asfixiante, ¡ayúdame a quitármelo, Marguerite! – Déjame mirarte. ¡Si te queda muy bien! ¿Qué es lo que no te gusta? – Nada me gusta. Todo es espantoso. ¿Puedes o no puedes? – ¿Y la blusa? – Odio los frufrús. – No hay. – Sí. ¿Por qué estás tan nerviosa, Jeannette? – Porque Odile y tú me obligáis a hacer disparates. Son un calvario estas compras. – La cremallera se ha quedado enganchada con la combinación. Para de moverte. Me echo a llorar. Me sale de repente. Marguerite se afana con mi espalda. No quiero que se dé cuenta. Es ridículo. Años tragándote las lágrimas para luego echarte a llorar en un probador de Franck et Fils. ¿Estás bien?, dice Marguerite. Tiene el oído fino. Me irrita, lo ve todo. Bien mirado prefiero a la gente que no se entera de nada. Se aprende a estar sola. Una se organiza la mar de bien. No tiene que dar explicaciones. No te muevas, dice Marguerite, ya casi está. En un libro de Gilbert Cesbron, creo, una mujer le preguntaba a su confesor, ¿hay que ceder a la pena, o luchar y aguantársela? El confesor contestó, aguantarse el llanto es inútil. La pena permanece alojada en algún sitio. Por fin, dice Marguerite triunfante. Vuelvo a meterme en el probador para quitarme de encima el vestido. Me visto, intento refrescarme la cara. El vestido resbala de la percha y se cae, lo recojo y lo dejo como un trapo encima del taburete. En la calle, insto a Marguerite a que renuncie al proyecto de devolverme la coquetería. Mi cuñada se detiene ante todos los escaparates. De confección, de calzado, de peletería y hasta de ropa del hogar. Bien es cierto que la pobre vive en Rouen. De vez en cuando, insiste en motivarme, pero salta a la vista que es a ella a quien le apetece entrar, tocar un bolso o probarse una prenda. Le digo, a ti te sentaría bien. Entremos a mirar. Contesta, que no, que no, que tengo demasiadas cosas inútiles y ya no sé qué hacer con ellas. Insisto, es graciosa esa chaquetita, y queda bien con todo. Marguerite sacude la cabeza. Temo que lo haga por delicadeza. Me parece deplorable que dos mujeres recorran una hilera de tiendas de moda sin querer nada. No me atrevo a preguntarle a Marguerite si hay un hombre en su vida (la expresión es tonta, ¿qué quiere decir haber un hombre en su vida? Yo tengo uno sobre el papel, y no lo tengo). Cuando hay un hombre en la vida de una mujer, ésta se interroga sobre cosas estúpidas, lo que tarda en irse el pintalabios, la forma del sujetador o el color del pelo. Son cosas que mantienen ocupada. Cosas alegres. Puede que Marguerite tenga ese tipo de preocupaciones. Podría preguntárselo pero temo una revelación que me cause sufrimiento. Hace años que no aspiro a ninguna metamorfosis. Ernest, cuando estaba en la cima de su carrera, repasaba mi aspecto. Pero no lo hacía por solicitud. Salíamos con frecuencia, y yo era un elemento del decorado. El otro día llevé a mi nieto Simon al Louvre para que viera las pinturas del Renacimiento italiano. Ese niño es la luz de mis días. Le interesa el arte, a los doce años. Al observar en los cuadros a esos personajes que pasan rozando las paredes ataviados con ropajes oscuros, los seres crueles y maléficos de otros tiempos, caminando encorvados hacia no se sabe dónde, pensé, ¿qué ha sido de esas almas perversas? ¿Han desaparecido de todos los libros, desaparecido con entera impunidad? Pensé en Ernest. Ernest Blot, mi marido, se asemeja a esas sombras de la noche. Bribón, embustero, despiadado. Yo misma no debo de estar en mis cabales para haber pretendido que ese hombre me ame. A las mujeres las seducen los hombres monstruosos, porque los hombres monstruosos se presentan enmascarados como en el baile. Aparecen con mandolinas y engalanados. Yo era guapa. Ernest era posesivo, y sus celos se me antojaban amor. Dejé pasar cuarenta y ocho años. Vivimos con la ilusión de la repetición, como el sol que sale y se pone. Nos levantamos y nos acostamos, creyendo repetir el mismo gesto, pero no es así.

Marguerite no se parece a su hermano. Es una persona amistosa e íntegra. Dice, Jeannette, ¿sigues queriendo conducir? Digo, ¿tú crees? ¿No te parece una locura? Nos echamos a reír. De pronto nos excita el pensarlo. Hace treinta años que no me pongo al volante de un coche. Marguerite dice, en el Bois de Boulogne encontraremos algún sitio donde no haya mucha gente. – De acuerdo. De acuerdo. Buscamos su coche. Marguerite ha olvidado dónde lo tiene aparcado y yo misma he olvidado cómo es. Le señalo dos o tres hasta que lo encuentra. Lo pone en marcha y arranca. Observo sus gestos. Pregunta, ¿llevas el carnet? – Sí. ¿Crees que todavía servirá? Ya no existe este tipo de carnet. Marguerite le echa una ojeada y dice, yo tengo el mismo. – ¿Qué coche es éste? – Un Peugeot 207 automático. – ¡Automático! ¡Yo no sé conducir un coche automático! – Es muy fácil. Mucho más fácil que con cambio de marchas. No hay que hacer nada. – ¡Ay Dios! ¡Un coche automático! Marguerite dice, no le digas nada a Odile, promételo, ¿eh? No quiero que tu hija me eche una bronca. – Nada. Me irrita con su manía de protegerme. Ni que fuera de cristal. Damos unas vueltas por el bosque para encontrar un lugar tranquilo. Acabamos encontrando un sendero interrumpido por una barrera blanca de cinco metros de ancho. Marguerite aparca. Apaga el contacto. Bajamos para cambiar de asiento. Se nos escapa la risa. Digo, ya no sé hacer nada Marguerite. Dice, tienes dos pedales. El freno y el acelerador. Se utilizan con un solo pie. No tienes que hacer nada con el izquierdo. Pon el contacto. El motor ronronea. Me vuelvo hacia Marguerite, entusiasmada por haber puesto el contacto con tal facilidad. Bien, dice Marguerite con su tono de profe (enseña español). Has podido poner el contacto porque estabas en P de parking. Ponte el cinturón. – ¿Tú crees? – Sí, sí. Marguerite se inclina y me abrocha el cinturón, que me deja agarrotada. Digo, me siento prisionera. – Ya te acostumbrarás. Pon la palanca en D o sea en *drive*, posición de conducción. ¿Dónde tienes el pie derecho? – En ningún sitio. – Ponlo en el freno. – ¿Por qué? – Porque una vez en D no tendrás más que soltarlo y el coche arrancará. – ¿Tú crees? – Sí. – Ya está. – Ponte en D. Todo sigue igual. Marguerite dice, ve soltando suavemente el freno. Vamos, vamos, levanta del todo el pie. Lo levanto del todo. Estoy tensísima. El coche se mueve. Digo, ¡se mueve! – Ahora pisa el acelerador. – ¿Dónde está? –Al lado mismo del freno. Tanteo con el pie, noto un pedal, lo piso. El coche se para violentamente, proyectándonos hacia delante. El cinturón me secciona el pecho. – ¿Qué ha pasado? – Has vuelto a pisar el freno, dice Marguerite. Hemos frenado en seco. Volvamos a empezar. Ponte en P. Contacto. Bravo.

Ahora, ponte en N. – ¿Qué es N? Neutro. Es el punto muerto. ¡Ah el punto muerto! Sí, sí. – Proseguimos. Freno. Drive. Deja descansar el pie izquierdo, que ya no hace nada. – ¡No sé conducir un coche automático! – Pero aprenderás. A ver. La palanca en D y sueltas. Bravo. Ahora desplaza ligeramente el pie a la derecha para encontrar el pedal del acelerador y lo pisas. Me concentro. El coche avanza. Contengo el aliento. La barrera aún queda lejos, pero me dirijo hacia ella sin control alguno. Me entra pánico. ¿Cómo freno? ¿Cómo me paro? – Frena. – Sigo en... en... ¿cómo se llama? – Sí, sigue en D. Y en el momento en que se pare el coche, vuelves a N. ¡A N, no a R! R es la marcha atrás. ¡No utilices el pie izquierdo! ¡Estás pisando los dos pedales al mismo tiempo Jeannette! Nos paramos a trompicones con un ruido raro. Estoy empapada. Digo, espero que tengas más paciencia con tus alumnos. – Mis alumnos son más espabilados. – Tú me has propuesto que vuelva a conducir. – Te mueres de asco en tu piso, necesitas independencia. Pon otra vez el contacto. Ponte en P. ¿Qué hace tu pie derecho? – No lo sé. – Ponlo en el acelerador sin pisarlo. Vale. Ponte en D. Y adelante. Acelera despacito. Los consejos de mi cuñada vuelan a una parte lejana de mi cerebro. Respondo a ellos mecánicamente. El nudo de angustia me ha vuelto a la garganta. Intento ahuyentarlo. Avanzamos. – ¿Adónde vas?, pregunta Marguerite. – No lo sé. – Vas derecha a la barrera. – Sí. – Puedes torcer antes por la hierba. Rodeas el árbol y vuelves en la otra dirección. Me señala un lugar que no veo porque sólo puedo mirar hacia delante. Reduce la velocidad, dice Marguerite, reduce. Me estresa. Ya no sé cómo reducir la velocidad. Tengo los brazos atornillados al volante como dos barras de hierro. ¡Tuerce, tuerce, Jeannette!, grita Marguerite. No sé dónde estoy. Marguerite se ha aferrado al volante. La barrera está a dos metros. – ¡Suelta el volante Jeannette! ¡Quita el pie! Marguerite tira del freno de mano y acciona la palanca. El coche se encabrita, embiste y raspa la barrera blanca. Luego se para. Marguerite no dice una palabra. De pronto se me han llenado los ojos de lágrimas nublándome la vista. Marguerite sale. Rodea el coche por detrás y se acerca a comprobar los daños. Abre mi portezuela. Dice, con voz suave (lo que es peor que cualquier otra cosa), baja, que daré marcha atrás. Me ayuda a desabrocharme el cinturón. Se sienta en mi sitio y efectúa una breve marcha atrás para separar el 207 de la barrera. Sale. La parte delantera izquierda está un poco hundida, un faro roto y toda la aleta izquierda rascada. Murmuro, lo siento muchísimo, perdón. Marguerite dice, arreglar no me lo has arreglado, oye. – Lo siento muchísimo Marguerite, pagaré toda la reparación. Marguerite me mira, Jeannette, no irás a llorar por esto. Vamos Jeannette, cariño, valiente tontería, nos la sopla un coche abollado. Si supieras la de cosas con las que he chocado en mi vida; un día, delante del instituto, hasta estuve a punto de atropellar a un alumno de segundo. Digo, perdóname, perdóname, he echado a perder todo el día. Venga, sube, dice Marguerite, vamos a tomar un helado en Bagatelle. Hace meses que me apetece volver a Bagatelle. Ocupamos nuestros asientos iniciales en el coche. Marguerite arranca sin dificultad. Va marcha atrás por la hierba con una destreza que me mortifica. Entiendo a la gente a quien le gusta el mal tiempo. Así no se te ocurren ideas como ir a ver un jardín florido. Tranquilízate, Jeannette, dice Marguerite. Lo cierto es que esa barrera nos tendía los brazos. Si quieres que te diga la verdad, yo sabía desde el principio que te le ibas a echar encima. Sonrío a mi pesar. Digo, nunca se lo cuentes a Ernest. – ¡Je, je, ya te tengo! Marguerite se ríe. Adoro a Marguerite. Hubiera preferido casarme con ella que con su hermano. Oigo sonar el móvil en mi bolso. Odile me ha puesto un timbre estridente porque piensa que estoy sorda. Aparte de Odile y de Ernest, o de mi yerno Robert, no me llama nadie a ese aparato. ¿Diga? – ¿Mamá? – ¿Sí? – ¿Dónde estás? – En el Bois de Boulogne. – Bueno. No te preocupes, pero papá estaba comiendo con sus amigos del Troisième Cercle y ha sufrido una indisposición. El restaurante ha llamado al Samu. Lo han llevado a la Pitié. – ¿Una indisposición...? – ¿Sigues con Marguerite? – Sí... – ¿Habéis encontrado cosas bonitas? Digo, ¿qué tipo de indisposición? ¿Dónde estás Odile? La voz de Odile suena sorda, un poco cavernosa. – En la Pitié-Salpêtrière. Van a hacerle una coronariografía para comprobar si se han obturado los baipases. – ¿Si qué? ¿Que van a hacerle qué? – Estamos pendientes de las pruebas. No te preocupes. Y dime, ¿te has probado el vestido de Franck et Fils, mamá?

ROBERT TOSCANO

Súbitamente, al salir del depósito de cadáveres, al que llaman el Amphithéâtre, en la rue Bruant, en el momento en que los empleados introducen el ataúd de Ernest en la limusina fúnebre, mi suegra, Jeannette, se niega a subir, presa de un terror incomprensible. Se supone que tiene que sentarse con Marguerite y el encargado de la funeraria, que ese día se llama maestro de ceremonias, y se supone que debemos seguirlos en el Volkswagen Odile, mi madre y yo hasta el crematorio del Père-Lachaise. Mi suegra, calzada con inhabituales tacones, retrocede (y está a punto de caerse) hasta la pared como un animal a quien quieren llevar al matadero. La espalda pegada a la pared, bajo la luz cegadora, barriendo frenéticamente el aire con los brazos, insta al Mercedes Break a que arranque sin ella, ante la mirada espantada de Marguerite ya instalada detrás. Mamá, mamá, dice Odile, si no quieres subir con papá, ya voy yo. Tú sube con Robert y Zozo. La toma afablemente del brazo para llevarla al Volkswagen en el que mi madre, abrumada de calor (el verano ha llegado de pronto), espera sentada delante. El encargado se precipita para abrir la portezuela trasera pero Jeannette balbuce algo que resulta ser: quiero ir delante. Odile susurra, mamá por favor, que no tiene importancia. – ¡Quiero seguir a Ernest! ¡El que va allí dentro es mi marido! ¿Quieres que me quede contigo mamá? Marguerite puede acompañar ella sola el ataúd, dice Odile, lanzándome una mirada que significa, cambia a tu madre de sitio. Sin duda no reacciono adecuadamente porque Odile ya ha introducido la cabeza en el coche: Zozo, ¿sería usted tan amable de pasar detrás? Es que a mamá le angustia la idea de subir en el Mercedes. Mi madre me mira con la expresión de quien con eso cree ya haberlo visto todo. Sin decir una palabra, lentamente, se desabrocha el cinturón de seguridad, recoge el bolso y se levanta recalcando la incomodidad artrítica de ese movimiento. Gracias Zozo, dice Odile, eres muy generosa. Sin abrir la boca, y con la misma cachaza gestual, abanicándose con la mano, mi madre acomoda su cuerpo en el asiento trasero. Jeannette se sienta sin pronunciar una palabra de agradecimiento, con la cara de quien, de todas formas, no ocupa ya su lugar en el mundo. Odile sube en el Mercedes con su tía y el encargado. Yo tomo el volante para seguirlos hasta el Père-Lachaise. Al cabo de un rato, Jeannette dice, sin despegar los ojos del parabrisas y del Mercedes negro, ¿su marido se hizo cremar, Zozo? Cremar, repite mi madre, ¡curiosa palabra! Es la palabra, dice Jeannette, incinerar se utiliza para las basuras domésticas. Es la primera vez que la oigo, dice mi madre. Mi padre está enterrado en el cementerio de Bagneux, intervengo. Jeannette parece meditar la información, luego se vuelve y dice, ¿querrá que la pongan con él? Buena pregunta, dice mi madre. Si de mí dependiera, nunca. Odio Bagneux. Allí nadie va a verte. Es de lo más paleto. El Mercedes circula con lentitud exasperante delante de nosotros. ¿Formará parte del ceremonial? Nos hemos detenido en un semáforo en rojo. Se ha instalado un vago silencio. Tengo calor. Me aprieta la corbata. Me he puesto un traje demasiado grueso. Jeannette busca algo en el bolso. No soporto ese ruido medio velado de tintineos y de roce de cuero que emiten esos hurgamientos. Máxime porque mi suegra suspira y tampoco soporto a la gente que suspira. ¿Qué buscas Jeannette?, digo al cabo de un rato. – La página de *Le Monde*, no he tenido ni tiempo de leerla. Hundo la mano derecha en el bolso y la ayudo a extraer el artículo doblado y arrugado. – ¿Puedes leerlo en voz alta? Jeannette se pone las gafas y articula con voz lúgubre: «Fallece Ernest Blot. Un banquero tan influyente como secreto. Nacido en 1939, Ernest Blot se ha apagado la noche del 23 de junio, a los setenta y tres años. Con él desaparece una de esas figuras de la alta banca francesa, procedente de la administración central, cuyo don de gentes corría parejas con su discreción. Primero de su promoción de la ENA en 1965»..., primero de su promoción, fíjate, se me había olvidado..., «pasa a pertenecer a la inspección de Hacienda. Será miembro de varios gabinetes ministeriales entre 1969 y 1978, asesor técnico»..., etcétera, todo eso ya lo sabemos... «En 1979, entra en el consejo de administración de la banca Wurmster, fundada al término de la Primera Guerra Mundial, en leve declive, de la que es nombrado director general y, en 1985, presidente-director general. Poco a poco la convertirá en una de las primeras entidades francesas junto a Lazard Frères o Rothschild et Compagnie»... etcétera... «Es autor de una biografía de Achille Fould, ministro de Hacienda de la Segunda República (editorial Perrin, 1997). Ernest Blot era gran oficial de la Orden Nacional del Mérito y comendador de la Legión de Honor»... Ni una palabra sobre su mujer. ¿Es normal? El Achille Fould no lo he abierto nunca. Vendió tres ejemplares. Me daba náuseas leerlo. Mi madre dice, se ahoga una en este coche, ¿puedes subir el aire cariño? ¡Nada de aire!, exclama Jeannette, nada de aire, me da dolor de cabeza. Echo una mirada al retrovisor. Mi madre se ha adaptado a la situación para no llevar la contraria a la viuda del día. Se ha echado un poco hacia atrás y ha abierto la boca como una carpa. Jeannette saca del bolso un ventilador de bolsillo con aspas transparentes. – Tenga Zozo, esto refresca. Lo pone en marcha. Hace un ruido de avispa enloquecida. Jeannette efectúa dos círculos en torno de su propia cara y se lo alarga a mi madre. No hace falta, jadea mi madre. – Pruébelo Zozo, de verdad. – No gracias. – Cógelo mamá, que estás acalorada. – Estoy muy bien, déjame tranquila. Jeannette se da otra pasadita con el ventilador a ambas partes del cuello. Mi madre dice, con voz cavernosa, justo detrás de mi oído, siempre le reprocharé a tu padre que no revendiera ese horrible pedazo de tierra. Cuando me muera, Robert, sácanos de allí. Llévanos a la ciudad. Me ha dicho Paulette que quedaban plazas en la zona judía de Montparnasse. El Mercedes efectúa una especie de giro majestuoso y tuerce a la izquierda, dejando ver fugazmente los mudos perfiles de Odile y de Marguerite. Jeannette dice, no siento nada en este momento. Parece descentrada. Los brazos colgando a lo largo del cuerpo, el bolso abierto sobre las rodillas, el ventilador zumbando en la mano inerte. Sé que tendría que contestar algo, hacer un comentario, pero no se me ocurre nada. Ernest ocupaba un lugar importante en mi vida. Se interesaba por mi trabajo (le leía algunos artículos antes de mandarlos al periódico), me hacía preguntas, polemizaba como me habría gustado que lo hiciera mi padre (mi padre era indulgente y afectuoso, pero no sabía ser padre de un hombre adulto). Nos llamábamos casi todas las mañanas para arreglar Siria e Irán, criticar la candidez de Occidente y la pretensión europea. Era su caballo de batalla. El hecho de que hubiéramos pasado a dar lecciones después de mil años de matanzas. He perdido a un amigo que tenía una visión de la existencia. Es algo bastante infrecuente. La gente no tiene una visión de la existencia. Únicamente tiene opiniones. Hablar con Ernest significaba siempre estar menos solo. Sé que para Jeannette no siempre debió de resultar divertido. Un día (él se marchaba a dar una conferencia sobre la moneda), Jeannette le tiró una taza de café a la cara. Eres una persona abyecta, has arruinado mi vida de mujer. Ernest, limpiándose la chaqueta, dijo, ¿tu vida de mujer? ¿Qué significa una vida de mujer? Cuando conocí a Odile, me dijo, es una tocanarices te lo advierto, te agradezco que me la quites de encima. Y algún tiempo después, tranquilo muchacho, que el primer matrimonio siempre es duro. Le pregunté, ¿se ha casado varias veces? – No, precisamente por eso. Mi madre hablaba detrás. Tardo un momento en volver de mis pensamientos y comprender sus palabras. Dice, sólo se siente algo después. Cuando pasa toda la parafernalia de la muerte. Cuando pase, yo sólo sentiré rencor, dice Jeannette. Exageras, digo. Ella cabecea, ¿era buen marido el suyo, Zozo? Uhhh..., dice mi madre. – ¿Qué quieres decir mamá? Eras feliz con papá, ¿no? – No era infeliz. No. Pero, sabes, un buen marido no te lo encuentras a la vuelta de la esquina. Subimos por la avenue Gambetta en silencio. Los árboles dispensan una sombra oscilante. Jeannette vuelve a hurgar en el bolso. Alguien toca la bocina a mi izquierda. Estoy a punto de contestar con una invectiva cuando veo, a nuestra altura, los rostros sonrientes (al estilo entierro) de los Hutner. Conduce Lionel, Pascaline se ha asomado a la ventanilla para saludar con la mano a Jeannette. Echo una breve ojeada detrás. Antes de acelerar, me da tiempo de ver a su hijo Jacob, sentado detrás, tieso y concentrado, con una especie de chal indio enrollado al cuello. ¿Habéis invitado a los Hutner?, dice Jeannette con voz agobiada. – Hemos invitado a los amigos cercanos. Los Hutner querían mucho a Ernest. – Oh Dios mío, me mata tener que saludar a toda esa gente. Me mata todo esto. Tanta mundanidad. Por esta mierda de crematización. De cremación, corrijo. – Bueno lo que sea, ¡me pone de los nervios ese enterrador con sus palabras insoportables! Baja la visera y examina su cara en el espejo. Mientras se pinta los labios, dice, ¿sabes a quién he invitado yo? A Raoul Barnèche. – ¿Quién es? – Hay una cosa que ignoráis todos, incluida Odile, que nadie contará en ningún periódico y con la que he apechugado yo sola. Cuando volvió de sus baipases, en 2002, Ernest empezó a verlo todo negro. Negro, mañana y noche, postrado en el sillón bajo el cuadro del unicornio, picoteando en su plato, negándose a hacer la rehabilitación. Se creía acabado. A Albert, su chófer, se le ocurrió presentarle a su hermano, que es un as de las cartas. Ese tipo, Raoul Barnèche –un hombre apuesto, ya verás, tipo Robert Mitchum–, acudió casi todos los días a jugar al gin rummy con él. Se jugaban dinero. Cantidades cada vez más elevadas. Aquello lo resucitó. Tuve que decir basta para que no lo desplumara del todo. Pero aquello lo salvó. Entramos en el cementerio, por la parte del tanatorio, en la rue des Rondeaux. El Mercedes se detiene ante la neobasílica. Hay gente en las escaleras y entre las columnas. Comparto la ansiedad de Jeannette. Odile y Marguerite ya están fuera. Un hombre de negro me indica dónde está el aparcamiento. Pregunto a las mujeres si quieren bajar. Ninguna de las dos quiere bajar y lo entiendo. Aparco. Recorremos el edificio. Odile sale al encuentro de su madre. Dice, hay más de cien personas, las puertas de la sala todavía están cerradas. Veo a Paola Suares, a los Condamine, a los Hutner, a los hijos de Marguerite, al doctor Ayoun, a cuya consulta acompañé varias veces a Ernest. Veo a Jean Ehrenfried, que sube los escalones uno por uno, apoyado en Darius Ardashir, que le lleva la muleta. Un poco apartado, junto a un matorral, reconozco a Albert, el chófer de mi suegro. Lo acompaña otro hombre con gafas de mafioso a quien Jeannette sonríe. Salen a nuestro encuentro. Albert rodea a mi suegra con los brazos. Cuando la suelta, sus ojos están húmedos y parece habérsele encogido la cara. Dice, veintisiete años. Jeannette repite la cifra. Me pregunto si Jeannette es consciente de lo que el chófer pudo ver y ocultarle durante esos veintisiete años. Se vuelve hacia el hombre moreno con chaqueta de pana y le toma la mano, qué amable por haber venido, Raoul. El hombre se quita las gafas y dice, estoy emocionado, sinceramente. Jeannette no le suelta la mano. La agita a pequeñas sacudidas. Él se deja, una pizca apurado. Ella dice, Raoul Barnèche. Jugaba al gin rummy con Ernest. Es cierto que tiene algo de Robert Mitchum. Un hoyuelo en la barbilla, los ojos abultados y el mechón rebelde. Jeannette se ha sonrojado. Sonríe. En la explanada del crematorio, bajo el cielo uniformemente azul, mientras esperan la familia, los amigos, los funcionarios, mi suegra sigue aferrada a aquel hombre, del que yo nunca había oído hablar. Noto un movimiento a nuestro alrededor. Las puertas de la sala se abren entre las columnas. Busco a mi madre, que se ha volatilizado. La descubro con los Hutner al pie de las escaleras. Odile se une a nosotros. Besa a Jacob efusivamente, cuánto hará que no te veo, ¿has vuelto a crecer? Con voz tenue y lenta, recalcando el acento quebequés, Jacob dice, Odile, ya sabes que yo también he perdido a mi padre, ha sido duro, por supuesto, pero le he reservado un lugar en el fondo de mi corazón. Cruza las manos sobre el pecho y añade, sé que está aquí conmigo. Odile me lanza una mirada de pasmo. Le dirijo un parpadeo apaciguador. Mis labios dibujan un sucedáneo de «ya te explicaré». Tomo del brazo a Lionel, cuyo rostro se ha momificado, y facturo a mi madre al otro lado. Se dispone a hacer un comentario mientras subimos por la escalera de piedra, pero la insto a abstenerse mediante una presión. La sala se llena en silencio. Acomodo a mi madre y a los Hutner y me voy a desempeñar mi papel de señor de la casa. Saludo a unos miembros de la familia, los primos bretones de Ernest, a André Taneux, un condiscípulo de Ernest en la ENA, que fue el primer presidente del Tribunal de Cuentas, al jefe de mi grupo de prensa (cuya ridícula barba de tres días aprueba

Odile), a unos desconocidos, al director del gabinete del ministro de Hacienda, al inspector jefe de Hacienda, a unos colegas que se presentan espontáneamente. Darius Ardashir me presenta al presidente del consejo de administración del Troisième Cercle. Vuelvo a cruzarme con Odile entre el personal de la banca Wurmster. Lleva el peinado de la letrada Toscano. Se la ve animosa. Me murmura al oído, ¿¡Jacob!?... No tengo tiempo de contestarle porque el maestro de ceremonias nos insta a ocupar la primera fila, donde están Marguerite, sus hijos y Jeannette. Los asistentes se ponen en pie. El ataúd de Ernest ha entrado en la nave. Los porteadores lo colocan sobre los caballetes al pie de los escalones que conducen al catafalco. El encargado se yergue ante el atril. Detrás de él, en lo alto del doble tramo de escalones, rodeando el estrado, una ciudad pintada medio Jerusalén, medio Babel, sembrada de álamos bíblicos, se sumerge en un crepúsculo azul estrellado de lo más kitsch. El encargado pide un momento de silencio. Me imagino a Ernest tumbado con el traje entallado de Lanvin que ha escogido Jeannette. Pienso, yo también me asfixiaré algún día en la caja de la muerte, completamente solo. Y Odile también. Y todos los que están aquí, con o sin grado, más o menos viejos, más o menos felices, afanados en mantener su rango de vivos. Todos, completamente solos. Ernest ha llevado ese traje durante años. Incluso cuando estaba totalmente pasado de moda, incluso cuando su barriga habría debido impedirle ponerse el terno entallado y cruzado. Un día, volviendo de Bruselas y conduciendo él a ciento ochenta kilómetros por hora, Ernest se comió un paquete de patatas chips con aroma de barbacoa, un bocadillo de pollo y una barra de almendrado. Menos de cinco minutos después, se había convertido en un sapo de caña, asfixiado por el Lanvin y el cinturón de seguridad. Tenía un Peugeot descapotable, y, al llegar a París, se le cagó encima una paloma. Busco a los Hutner. Se han colocado en el extremo de una fila, delante de los Condamine. Jacob está en la otra punta. Humilde y reservado, me digo, como evitando llamar la atención. André Taneux ha sustituido al maestro de ceremonias tras el atril. Peinado con secado bien tieso hacia atrás y tinte marrón (un pelín violeta a la luz difusa de las vidrieras). Se ha empeñado él en hablar pese a las reticencias de Odile y de Jeannette. Despliega lentamente la hoja de papel y ajusta inútilmente el micro. «Una figura imponente brutalmente se aleja, dejando en su rastro un perfume de Gauloises y de aristocracia. Ernest Blot nos deja. Quiero intervenir en este día porque quiero que se oiga mi voz, Jeannette, te lo agradezco, y lo hago porque en la persona de Ernest no perdemos tan sólo a un ser querido. Perdemos un momento feliz de nuestra historia. En Francia, en la inmediata posguerra, surgió frente a los escombros uno de esos partidos inesperados, capaz de unir a hombres de todos los horizontes y convicciones, creyentes y ateos, de la derecha y de la izquierda: el Partido de la modernización. Era menester construir, con una misma mano, el Estado y el tejido de las empresas, reconstituir el ahorro y ponerlo al servicio del crecimiento. Nuestro amigo Ernest Blot fue una de las figuras emblemáticas de ese partido. ENA, Inspección de Hacienda, gabinetes ministeriales, alta banca: una línea vital continua, en una época que por desgracia ya no existe, una época en que los enarcas no eran tecnócratas sino constructores, en que el Estado no equivalía a conservadurismo sino a progreso, en que la banca no equivalía al dinero enloquecido de un casino mundializado sino al financiamiento perseverante del tejido productivo. Una época en que los hombres valiosos no hacían ni carrera ni fortuna, sino que servían a su país, en el ámbito público y en el privado, sin venalidad ni vanidad alguna. La pérdida de Ernest me produce una enorme tristeza pero me consuelo pensando que un gran señor abandona un mundo que ya no se le parece en nada. Descansa en paz, amigo mío, lejos de una época que no te merece.» Y tú corre a que te tiñan, le susurro a Odile. Taneux dobla su hoja frunciendo los labios con gesto desconsolado y vuelve a su asiento. El encargado aguarda a que se apaguen sus pasos en el mármol. Deja pasar un lapso y anuncia, el señor Jean Ehrenfried, administrador, ex presidente y director general de Safranz-Ulm Electric. Darius Ardashir se inclina sobre Jean para ayudarlo a levantarse y apoyarse en su muleta. Jean avanza a pasos prudentes, cojeando, hacia el atril. Está delgado, pálido, viste un traje a cuadros beige y una corbata de lunares amarillos. Se apoya con la mano libre en la tablilla para no perder el equilibrio. La madera rechina y resuena. Jean mira el ataúd y al frente, hacia el fondo de la sala. No saca ni papel ni gafas. «Ernest..., tú me decías, ¿qué podré decir de ti el día de tu entierro? Y yo contestaba, harás el panegírico de un viejo judío apátrida, intenta ser un poco profundo por una vez. Yo era mayor que tú, estaba más enfermo, no habíamos previsto la situación inversa... Nos llamábamos regularmente. La frase consabida era: ¿dónde estás? ¿Dónde estás? Siempre estábamos aquí y allá por razones de trabajo pero tú tenías Plou-Gouzan L'Ic, tu casa cerca de Saint-Brieuc. Tenías tu casa y tus manzanos, en un vallecillo. Cuando yo te preguntaba, dónde estás, y tú contestabas, en Plou-Gouzan, te envidiaba. Estabas realmente en un lugar. Tenías cuarenta manzanos. Hacías ciento veinte litros al año de una sidra espantosa que acabó gustándome...» Se interrumpe. Oscila y se aferra al atril. El encargado parece querer intervenir pero él se lo impide. «Una sidra dura, desabrida, según tus propias palabras, metida en botellas de plástico con un tapón de detergente, muy lejos de las sidras encorchadas y burbujeantes de los burgueses. Era tu sidra. Venía de tus manzanas, de tu tierra... ¿Dónde estás ahora? ¿Dónde estás? Sé que tu cuerpo está en ese ataúd a dos metros. Pero tú, ¿dónde estás? No hace mucho que en la sala de espera de mi médico, una paciente dijo esta frase: hasta la vida, llegado un momento, es un valor estúpido. Es cierto que al final del camino uno oscila entre la tentación de oponer a la muerte una respuesta enérgica (recientemente he comprado una bicicleta estática) y el deseo de dejarse deslizar hacia no sé qué lugar oscuro... ¿Me esperas en algún lugar, Ernest?... ¿Dónde?...» Tal vez no sea ésa la última palabra. Apenas es audible y podría también no ser más que la primera sílaba de una frase suelta. Jean enmudece. Se ha vuelto casi del todo hacia el ataúd. En varias etapas ínfimas, procurando no mostrar su cuerpo deteriorado. Sus labios se entreabren y se cierran como el pico de un pájaro hambriento. El brazo derecho sostiene con firmeza el bastón y lo hace oscilar. Permanece largo rato en esa posición frágil, como murmurando al oído del difunto. Después mira en dirección de Darius, que acude inmediatamente a buscarlo para ayudarlo a volver a su sitio. Aprieto la mano de Odile y veo que llora. El encargado vuelve a empuñar el micro y anuncia el traslado del ataúd de Ernest Blot para la incineración, la cual, dice, responde a los deseos que él mismo expresó. Los porteadores cargan con el ataúd. Los asistentes se ponen en pie. Suben en silencio hasta el catafalco, que parece ridículamente alto y lejano. Se pone en marcha un mecanismo. Ernest desaparece.

ODILE TOSCANO

Durante el último año de su vida, a tu abuela se le fue un poco la cabeza, dice Marguerite. Quería ir a buscar a sus hijos al pueblo. Yo le decía, mamá, que ya no tienes hijos. Sí, sí, que tengo que traerlos. Marchábamos a buscar a sus hijos al Petit-Quevilly. Yo aprovechaba para hacerla andar. Resultaba curioso ir a buscarnos a Ernest y a mí sesenta años atrás. Hemos pasado Rennes. Marguerite está en el lado de la ventanilla, junto a Robert. Desde el inicio del viaje, prácticamente sólo se oye su voz. Únicamente se dirige a mí, a ratos esporádicos (los otros dos se mantienen replegados en una opaca intimidad), exhumando distintas épocas del pasado de los difuntos. Estamos en esos nuevos compartimientos modernos abiertos al pasillo. Mamá está sentada frente a Marguerite. Ha colocado la bolsa Go Sport entre nosotros, no ha querido ponerla arriba. Robert está de mal café desde que se ha enterado de que hacemos transbordo en Guingamp. Ha sido un error de mi secretaria. Reservó trayectos de ida y vuelta París-Guernonzé con un transbordo a la ida. Cuando se dio cuenta, en la gare Montparnasse, Robert nos acusó de querer siempre complicarlo todo cuando habría sido tan sencillo viajar en coche. Se nos adelantó en el andén, odioso, con la bolsa Go Sport a listas negras y rosas que contiene la urna. No entiendo la elección de esa bolsa. Marguerite tampoco. Me ha dicho por lo bajo, ¿por qué tu madre ha metido ahí a Ernest? ¿No tenían una bolsa de viaje más elegante? A través del cristal desfilan almacenes, zonas industriales dispersas y desoladas. Más lejos, parcelas, campos roturados. No consigo graduar el respaldo de mi asiento. Me da la impresión de que me proyecta hacia delante. Robert me pregunta qué intento hacer. Perturbo su lectura, una biografía de Aníbal. En la tapa, en epígrafe, la frase de Juvenal: «Sopesa las cenizas de Aníbal, ¿cuántas libras dará ese famoso general?» Mamá ha cerrado los ojos. Con las manos sobre los muslos, se deja mecer por el movimiento del tren. La falda se le sube demasiado sobre la blusa remetida de cualquier manera. Hace tiempo que no la miro con atención. Una señora a la que nadie presta atención, regordeta y cansada. En Cabourg, cuando yo era niña, caminaba por el paseo con un vestido de muselina entallado.

La tela pálida flotaba, ella balanceaba el cesto de algodón al viento. El tren pasa sin detenerse en Lamballe. Nos da tiempo de divisar el aparcamiento, la casa roja del médico (Marguerite nos lo dice casi gritando), los edificios de la estación y la iglesia fortificada. Todas las formas atenuadas por una pérfida niebla. Pienso en papá, que atraviesa por última vez la ciudad de su infancia, pulverizado en una bolsa de deporte. Me apetece ver a Rémi. Me apetece divertirme. ¿Y si probase las pinzas para pezones de las que me habló Paola? Pobre Paola. Llevada a mal traer por Luc (me pregunto si lo sabe Robert). Si fuera una amiga generosa, se la presentaría a Rémi Grobe. Se gustarían. Pero quiero conservar a Rémi para mí. Rémi me salva de Robert, del tiempo, de toda clase de melancolías. Anoche Robert y yo permanecimos largo rato a oscuras sin hablarnos. En un momento dado, dije, ¿qué es Lionel para Jacob ahora? Noté que Robert se lo pensaba y que no lo sabía. Parada en Saint-Brieuc. Larga franja de casas blancas, uniformes. Un vagón de cooperativa Starlette de Plouaret-Bretagne arrumbado fuera del andén. Pobres Hutner. Pero, al mismo tiempo, ¿podía haberle pasado eso a alguien más? El tren arranca. Marguerite dice, la próxima es Guingamp. Cuando íbamos a Plou-Gouzan L'Ic, nos apeábamos en Saint-Brieuc. Nunca he pasado de allí. Papá nunca me llevó más allá de Plou-

Gouzan L'Ic, el rincón perdido donde compró esa casa mohosa que le encantaba y que mamá y yo odiábamos. Fue Luc quien suministró las esposas y las pinzas para pezones, me dijo Paola. A Rémi no se le ocurren esas cosas. Pero tampoco puedo comprarlas yo. ¿Por Internet? ¿Y adónde digo que envíen el paquete? Guingamp, grita Marguerite. Nos levantamos como si el tren no fuera a parar más que cinco segundos y medio. Robert empuña la bolsa Go Sport. Marguerite y mamá se abalanzan hacia las puertas. Bajada en Guingamp. Un cartel colgado en una marquesina de vidrio indica Brest. Aquí nos quedamos, dice Marguerite. Se me cuela en el cuello una ráfaga de aire frío. Digo, tengo frío. Marguerite protesta. No quiere que critiquemos Bretaña. Lleva un traje sastre malva cerrado hasta el cuello. Le cubre los hombros un fular de seda. Ha cuidado su aspecto como para acudir a una cita amorosa. En medio del andén, en la marquesina de vidrio, hay gente sentada en el único banco. Viajeros de rostro macilento, pegados unos a otros ante un amasijo de bolsas. Digo, mamá, ¿quieres sentarte? – ¿Ahí dentro? Ni pensarlo. Se enfunda el abrigo. Robert la ayuda. Se ha puesto zapatos planos para el evento. Mira hacia el reloj de otro tiempo, y hacia el cielo, hacia las nubes que se dirigen despaciosas hacia algún sitio. Dice, ¿sabes en qué pienso? En mi pinito de Austria. Me gustaría verlo. Mamá había plantado un pino de Austria entre los manzanos de Plou-Gouzan L'Ic. Tu madre se cree que es eterna, había dicho papá. Ha comprado un arbolillo de quince centímetros porque salía más barato; piensa que todavía estará aquí para pasearse alrededor del pino con el bisnieto de Simon. Robert dice, con un poco de suerte te llegará al hombro Jeannette, siempre que no lo haya arrancado nadie con los hierbajos. Nos reímos. Me parece oír a papá reírse dentro de la bolsa. Mamá acaba diciendo, a lo mejor le quedaba poco espacio para crecer en medio de los manzanos. Robert sale a dar una vuelta hacia la otra punta del andén. Se le ha arrugado la espalda de la chaqueta. Camina a lo largo de las vías llevando bien apretado el objeto del viaje, balanceándose de uno a otro pie. Busca avistar a saber qué, subido en la batea vacía. El tren que tomamos para ir de Guingamp a Guernonzé emite sonidos de ferrocarril de otro tiempo. Los cristales están sucios. Pasamos delante de barracas, de silos, hasta que nos ocultan la vista el pretil y la maleza. Apenas hablamos. Robert ha guardado a Aníbal (hace unos días, me dijo refiriéndose a él: qué ser tan maravilloso), y se afana con su Blackberry. Guernonzé. Se ha despejado el cielo. Al salir de la estación nos topamos con un aparcamiento, rodeado de edificios blancos de tejados grises. Al otro lado de la plaza, un hotel Ibis. Marguerite dice, está todo muy cambiado. Se ven coches aparcados en medio de una profusión de mojones, farolas y árboles jóvenes aprisionados en estacas de madera. Nada de esto existía antes, dice Marguerite. El Ibis tampoco, todo esto es muy reciente. Le da el brazo a mamá. Atravesamos la plazoleta. Caminamos por una acera estrecha flanqueada de casas vacías con los postigos cerrados. La carretera hace curva. Los coches que circulan en ambas direcciones nos rozan. Éste es el puente, dice Marguerite. – ¿El puente? – El puente sobre el Braive. Me disgusta que esté tan cerca de la estación. No me esperaba la brevedad de nuestra procesión. Marguerite señala un edificio al otro lado y dice, la casa de los abuelos queda justo detrás. Está medio en ruinas. Ahora es un taller de planchado. ¿Queréis verla? – Es igual. – Donde ahora está el edificio, había un jardín con un lavadero junto al Braive. Allí jugábamos. ¿Pasabais todas las vacaciones en Guernonzé?, pregunto. – Los veranos. Y Semana Santa. Pero la Semana Santa era triste. El puente está enmarcado por un pretil de hierro negro, del que cuelgan jardineras con flores. El tráfico de coches es continuo. Al ver una colina más o menos edificada a lo lejos, Marguerite dice, allá arriba antes era todo verde. ¿Aquí es donde echamos las cenizas?, pregunta mamá. Como queráis, dice Marguerite. Yo no quiero nada de nada, dice mamá. – Aquí esparcimos las cenizas de papá. – ¿Y por qué no en el otro lado? Es más bonito. – Porque la corriente baja en esta dirección, dice Robert. La agencia inmobiliaria creo que es de hace muy poco, dice Marguerite señalando la calle que recorre la orilla de enfrente. Por favor, Marguerite, deja de decirnos qué cosas existían o no en esta ciudad, a todo el mundo le trae sin cuidado, no le interesa a nadie, dice mamá. Marguerite se enfurruña. No se me ocurre ninguna frase apaciguadora porque le doy la razón a mamá. Robert ha abierto la bolsa Go Sport. Saca la urna de metal. Mamá mira en todas direcciones, es espantoso hacer esto en pleno día, en medio del tráfico. – No hay elección mamá. – Esto no tiene ni pies ni cabeza. ¿Quién lo hace?, pregunta Robert. Tú, Robert, tú, dice mamá. ¿Por qué no Odile?, dice Marguerite. – Robert lo hará mejor. Robert me alarga la urna. No puedo tocar esa urna. Desde que nos la entregaron en el crematorio, me resultó imposible coger ese objeto. Digo, mamá tiene razón, hazlo tú. Robert abre la primera tapadera y me la da. La arrojo a la bolsa. Desenrosca la segunda tapadera sin quitarla. Pasa el brazo por encima del pretil. Las mujeres se apiñan como pájaros asustados. Robert quita la segunda tapadera y vuelca la urna. Brota un polvo gris, que se esparce en el aire y cae sobre el Braive. Robert me abraza. Contemplamos el manso río, surcado de olecillas, en el que se despliegan las manchas negras de los árboles. Detrás de nosotros, pasan los coches, cada vez más ruidosos. Marguerite corta una flor blanca de una jardinera y la arroja. La flor es demasiado liviana. Vuela hacia la izquierda y, apenas cae en el agua, queda atrapada contra un montón de piedras. Al otro lado de una pasarela, unos niños se disponen a dar un paseo en kayak. ¿Qué hacemos con la urna?, pregunta mamá. Tirarla, dice Robert, que ha vuelto a meterla en la bolsa. – ¿Dónde? – En una papelera. Hay una pegada a aquella pared. Propongo que subamos hacia la estación. Os invito a tomar algo mientras esperamos el tren. Abandonamos el puente. Contemplo el agua, la hilera de boyas amarillas. Digo adiós papá. Dibujo un beso con los labios. Al llegar a la pared que hace esquina, Robert intenta meter la bolsa Go Sport en la papelera. ¿Qué haces Robert? ¿Por qué tiras la bolsa? – Es asquerosa esta bolsa. No te va a servir de nada Jeannette. – Claro que sí. Me sirve para llevar cosas. No la tires. Mamá, intervengo, esa bolsa ha contenido las cenizas de papá, y no debe utilizarse para nada más. Valiente tontería, dice mamá, esa bolsa ha transportado un recipiente, y punto. Robert, haz el favor, saca esa mierda de urna, tírala y devuélveme la bolsa. – ¡Si esa bolsa valdrá diez euros, mamá! – ¡Quiero mi bolsa! – ¿Por qué? – ¡Porque sí! Bastante gilipollez he cometido viniendo hasta aquí, ahora me gustaría poder decidir un poco las cosas. Tu padre está en su río, pues perfecto, y yo vuelvo a París con mi bolsa. Dame esa bolsa Robert. Robert ha vaciado la bolsa y se la alarga a mamá. Se la arranco de las manos, mamá por favor, esto es grotesco. Mamá se aferra al asa gimiendo, ¡es mi bolsa, Odile! Grito, ¡esta mierda se queda en Guernonzé! La hundo aplastándola dentro de la papelera. Se oye un sollozo brutal y desgarrador. Marguerite ha alzado las manos ofreciendo su rostro al cielo como una pietà. Yo misma me echo a llorar. Ya lo has conseguido, bravo, dice mamá. Robert trata de calmarla y de alejarla de la papelera. Mamá forcejea un poco, y luego, colgada de su brazo, consiente subir por la acera estrecha, casi tambaleándose y rozando la pared de piedra. Los veo caminar, él, con el pelo demasiado largo, la espalda de la chaqueta arrugada, Aníbal sobresaliendo del bolsillo, ella, con sus zapatos planos, la falda que le asoma por debajo del abrigo, y se me ocurre que Robert es el más huérfano de los dos. Marguerite se suena. Sigue siendo de esas mujeres que llevan un pañuelo de tela a mano dentro de la manga. Le doy un beso. Le tomo la mano. Sus dedos calientes enlazan mi palma apretándola. Subimos por la acera, a unos metros de mamá y de Robert. En el extremo de la calle, ante el aparcamiento de la estación,

Marguerite se detiene ante una casa baja con los vanos enmarcados en ladrillo rojo. Dice, Ernest salió en una escena de *La Bataille du rail* que se rodó aquí. – ¿Aquí? – Sí. Me lo contaron los abuelos, yo no había nacido. Aparecía aquí, entre unos figurantes, delante de un bistró que ya no existe. Filmaban un carro de heno. Ernest estaba justo detrás, pensaba que se le verían al menos las piernas. Alcanzamos a Robert y a mamá en el cruce. Vio la película cinco o seis veces. Incluso de viejo, tú lo sabes, Jeannette, volvía a verla en la tele esperando ver sus piernas de cuando tenía siete años.

JEAN EHRENFRIED

«Hace unos años, tú y yo, Ernest, te acorda-
rás, antes de que vendieses Plou-Gouzan L'Ic, salimos a pescar. Habías comprado un equipo de pes-
ca con caña que no habías utilizado nunca, y
fuimos a pescar truchas, carpas, o no sé que otro
pez de agua dulce en un río que quedaba cerca de
tu casa. En el camino, nos sentíamos absurdamente felices. Yo no había pescado nunca, tú tampoco, salvo algún que otro crustáceo en el mar. Al
cabo de media hora, tal vez menos, picaron. Tú
empezaste a tirar, loco de alegría —hasta creo que
yo te ayudé— y vimos retorcerse un pececillo asus-
tado en el extremo de la caña. Y nosotros vaya si
nos asustamos también Ernest, tú me decías, ¿qué
hacemos?, ¿qué hacemos? Y yo grité, ¡suéltalo,
suéltalo! Conseguiste liberarlo y devolverlo al agua.
Inmediatamente liamos los bártulos. A la vuelta,
ni una palabra, más o menos abrumados. De pronto te paraste y me dijiste: dos titanes.»

ÍNDICE